렘브란트

李 逸/해설

서문당 • 컬러백과   서양의 미술 ㉒

李 逸 약력

서울대학교 불문과 졸. 파리대학교 고고학 · 미술사 연구원 수료. 동경국제판화 비엔나. 까뉴 국제회화제 국제 심사위원 역임.
저 · 역서:현대미술의 괴적. 고갱. 반고호. 추상예술의 모험. 새로운 예술의 탄생. 세계회화의 역사 외 다수. 미술평론가 홍익대학교 교수.

THE ASS OF BALAAM BALKING BEFORE
THE ANGEL

라이덴 시대의 렘브란트의 가장 초기에
속하는 작품의 하나이다. 1624년,
렘브란트는 암스테르담의 고전주의적
역사화가(歷史畵家) 라스트만에게 6개월
동안 사사(師事) 했으며 그곳에서의
수업에서 기초적인 회화 기법, 즉 정통적인
화면 구성, 입체적 인체 표현, 정밀한 세부
묘사, 무리없는 채색법(彩色法) 등을
익혔다. 이 작품에서는 그와 같은 영향의
흔적이 남아 있기는 하나, 이미 수업기
(修業期)를 지난 렘브란트의 독특한
면모가 약동하고 있다. 즉, 그는 주어진
주제를 하나의 회화작품(繪畵作品)으로
구성할 때, 이야기의 설화적(説話的)인
도식(図式)을 피하고, 화가 자신이 그
장면의 목격자인 것처럼, 리얼하고 직접적인
표현 방법을 추구한 것이다. 천사에게 길을
가로막혀 주저앉은 당나귀를 채찍질하는
발람에게서, 어쩌면 화가 자신의 모습을
찾아볼 수 있을는지도 모른다.

1626년 板 油彩 65×47cm
파리 코냑 제이 미술관 소장

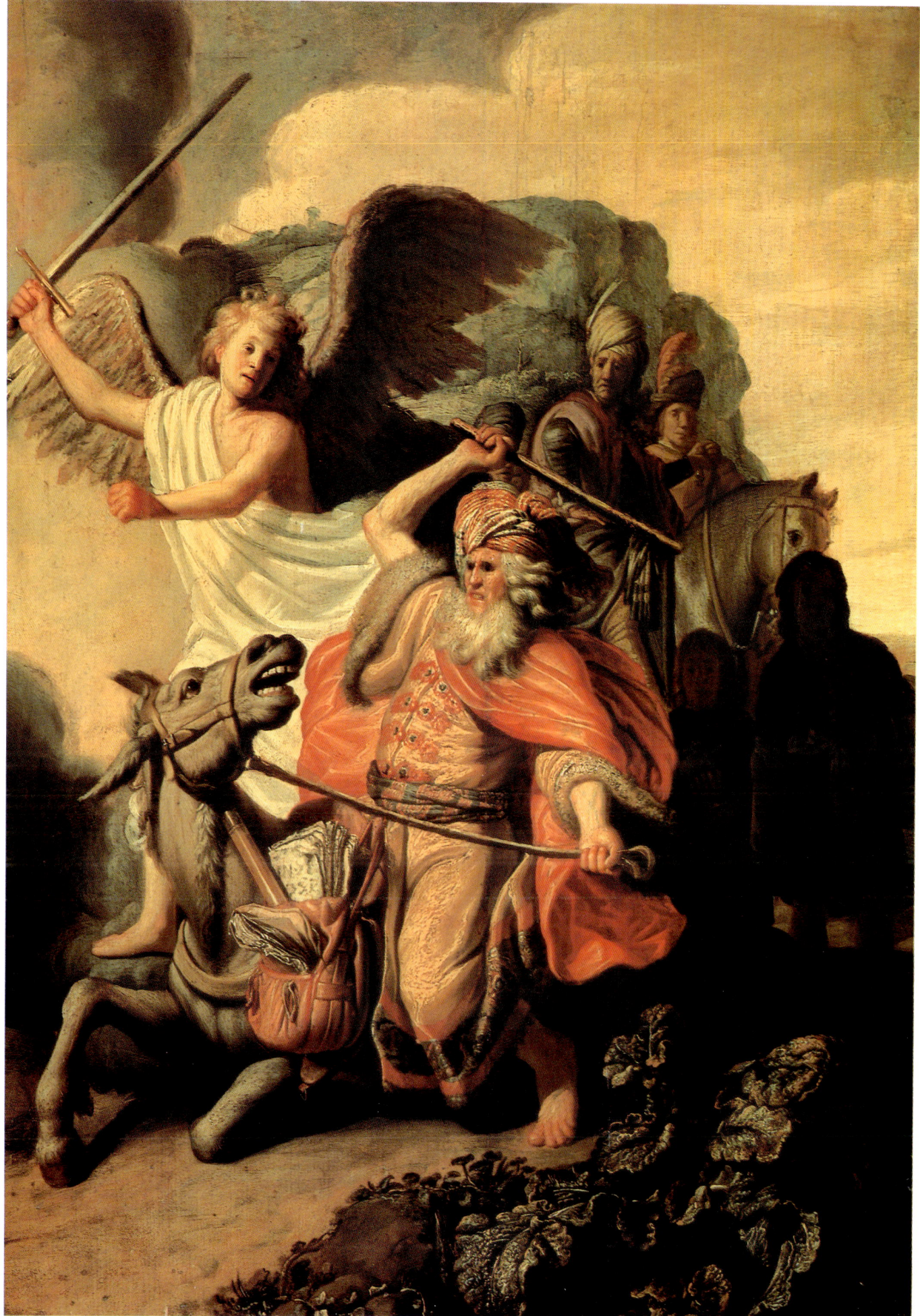

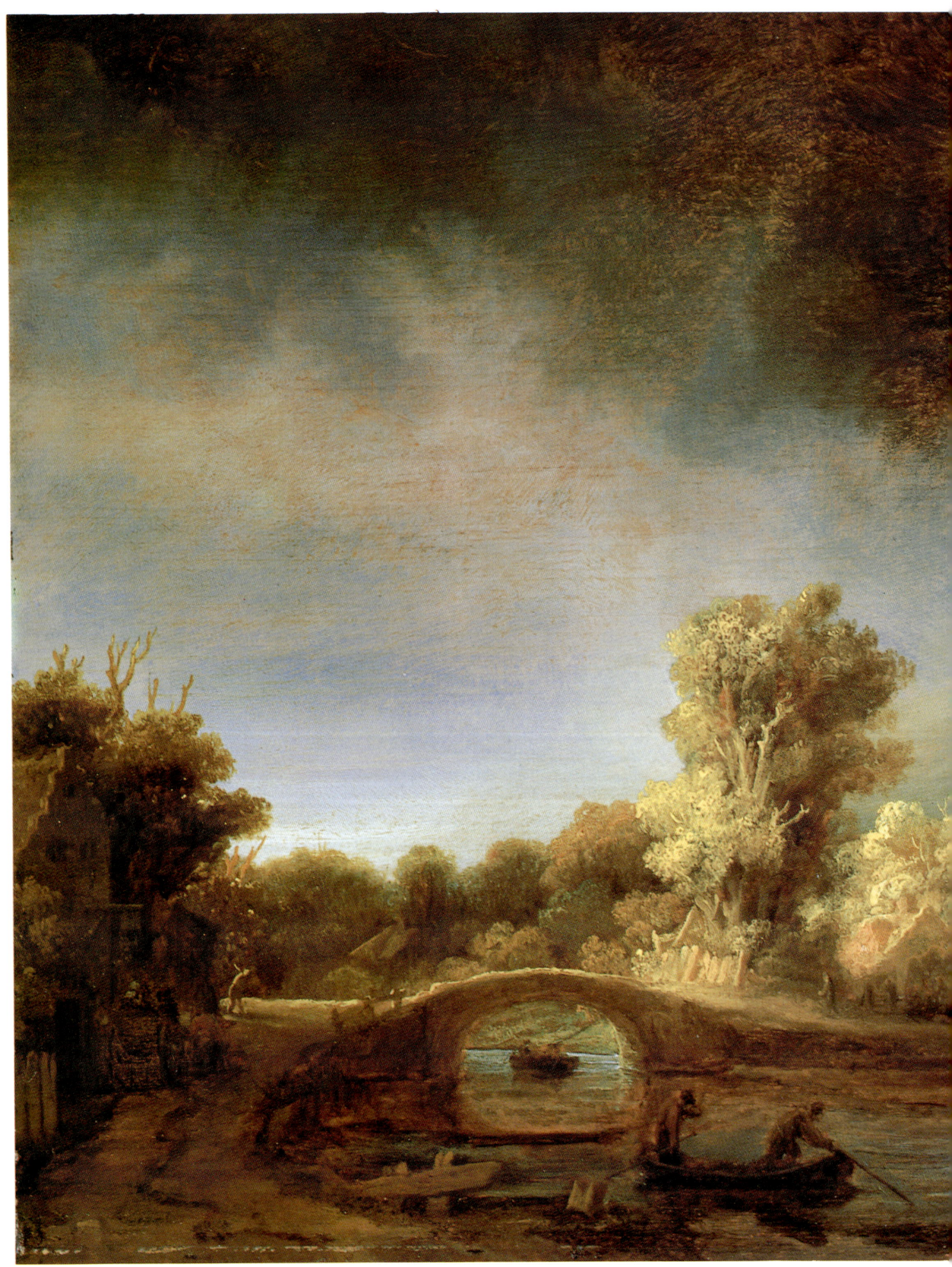

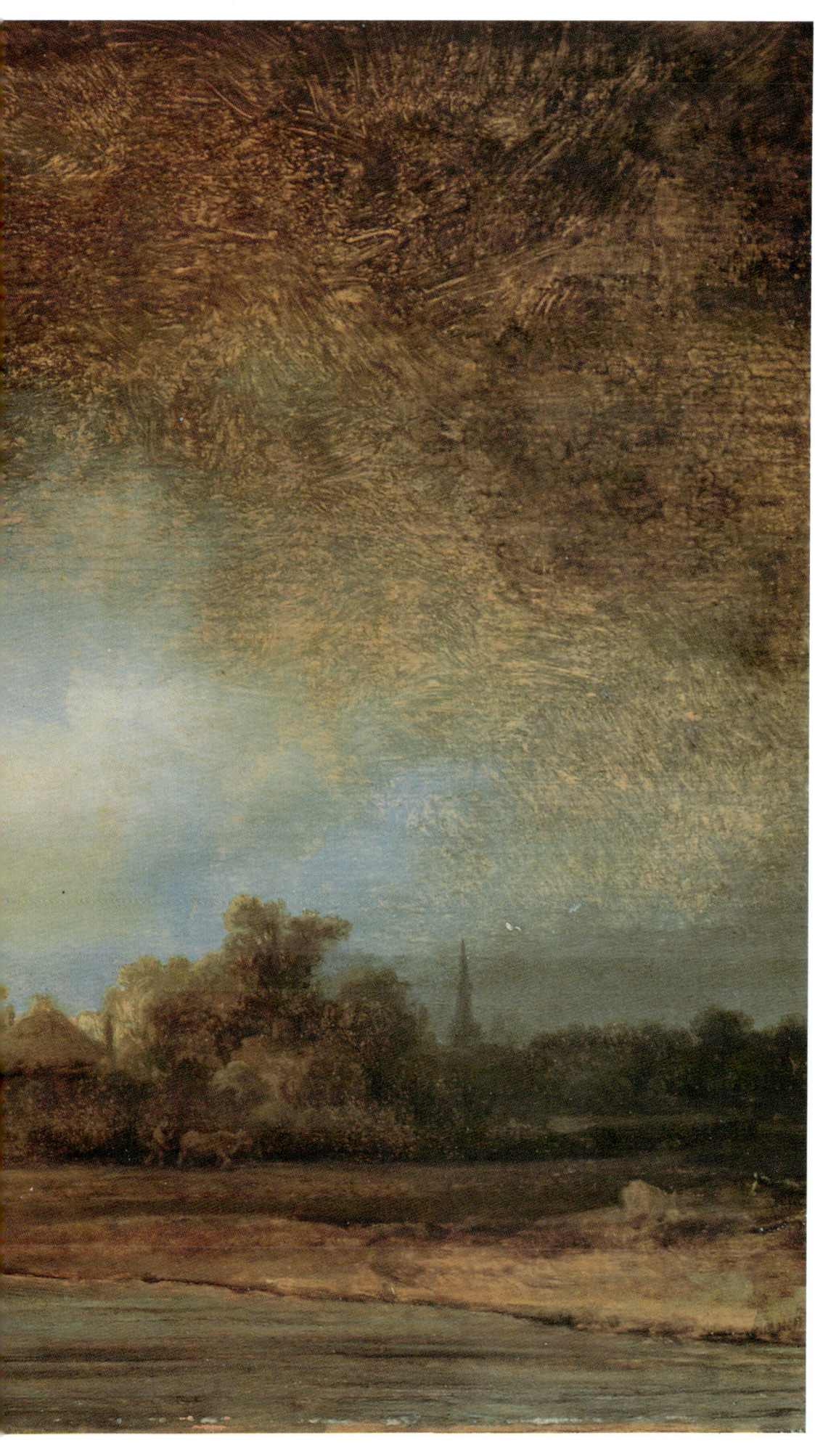

石橋가 있는 풍경
LANDSCAPE WITH A STONE BRIDGE
1630년 板 油彩 29.5×42.3cm
암스테르담 국립 미술관 소장

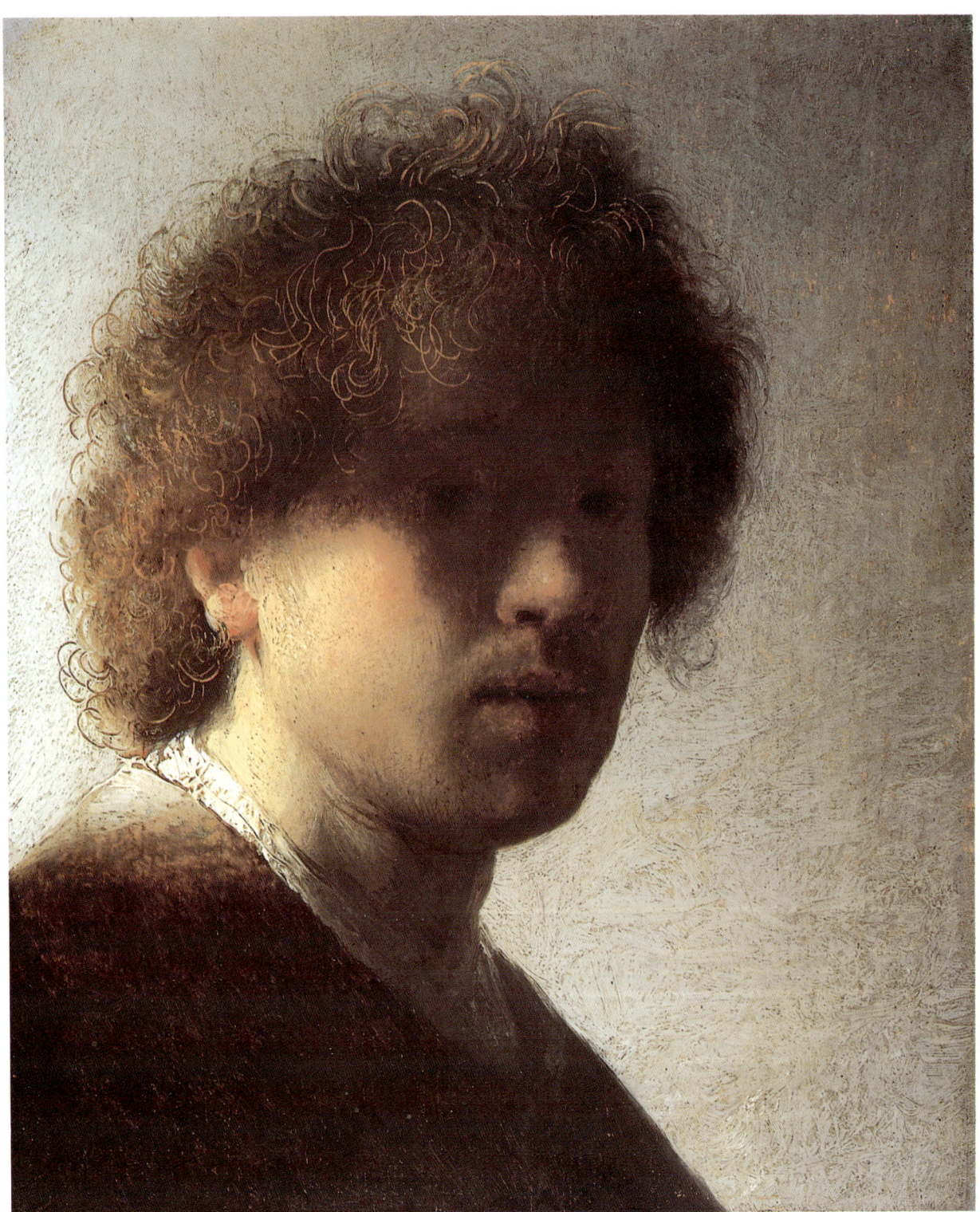

自画像
SELF PORTRAIT

램브란트는 63년이라는 길지도 않은
생애에 약 60점에 달하는 자화상을 남겨
놓고 있다. 이 방대한 자화상을 그린
화가는 서양 회화 사상 그 유래를 찾아볼
수 없으며, 굳이 비길 만한 예를 찾자면,
짧고도 비극적인 생애를 산 같은 네덜란드
출신의 반 고호이다. 일반적으로 이처럼
자화상을 많이 그린 화가들은 자기 응시의
화가, 다시 말해서 자기 자신의 내면을
깊숙이 파헤치는, 내향적이자 인간의 정신적

갈등에 남달리 강한 관심을 가지고 있는
화가로 지적되고 있다. 그리고, 램브란트에게
있어 자화상은, 램브란트 자신의 인간적인
면모와 예술적 편력(遍歷)을 더듬는
이정표(里程表)가 되고 있기도 하다. 이
작품에는 연대가 기입되어 있지 않으나,
다른 자화상과 비교하여 1628년경의
것으로 추정되며, 램브란트의 가장 젊은
날의 초상화이다.

1628년경 板 油彩 23.4×17.2cm
카셀 국립 미술관 소장

自畫像
SELF PORTRAIT
1629년경 板 油彩 37.9×28.9cm
해이그 마우리리치하이스 왕립 미술관 소장

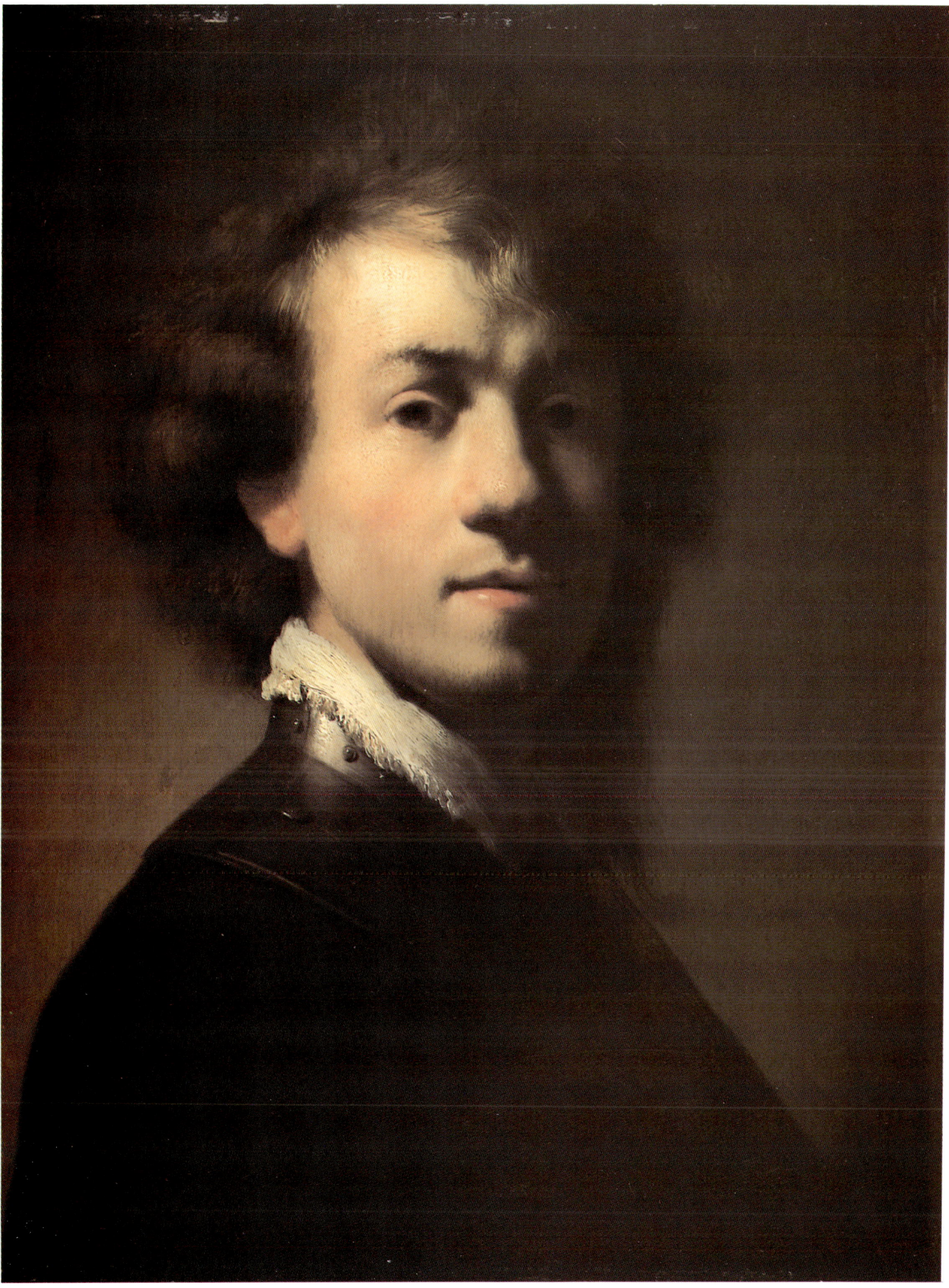

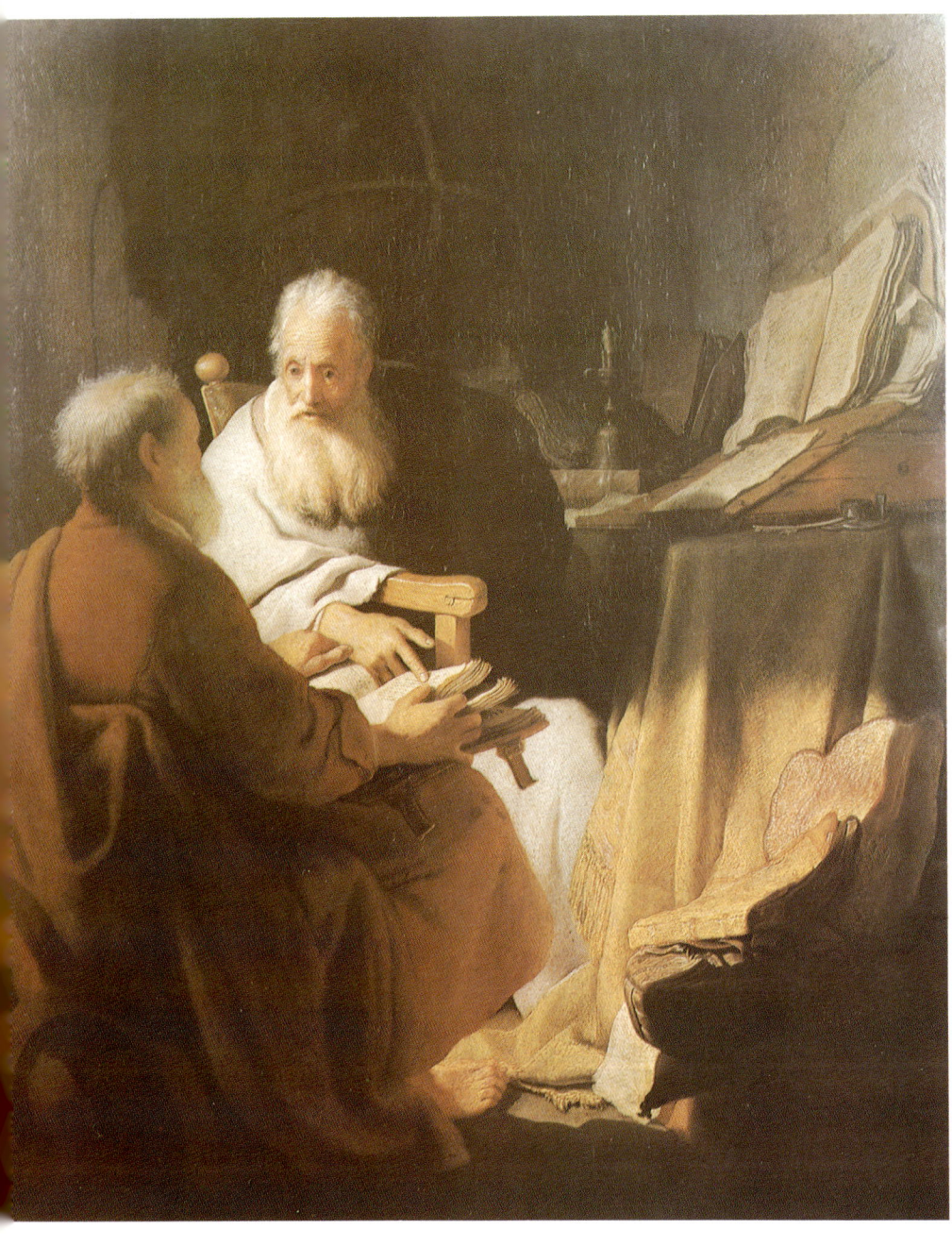

토론하는 두 철학자
TWO SCHOLARS DISPUTING

이 작품의 주제에 대해서 전문가들 사이의
주장이 엇갈리고 있다. 그러나, 그 주제가
어떠한 것이었든, 이 그림은 라이덴 시대에
있어서의 명암(明暗)의 대비(對比)가
강조된 카라바지오풍(風)이 농후한 작품의
하나이다. 네덜란드에 있어서의
카라바지오의 영향은 매우 강력한
것이었으며, 그것이 램브란트의 이
작품에서도 여러 가지 형태로 나타나고
있다. 우선은 대조적인 두 인물을 매우
사실주의적(寫實主義的)으로 그린다는
모티브, 두번째로는 인물의 표현이
규범적인 미(美)의 표현이라는 고전주의적
전통에서 완전히 이탈되어, 여기에서의
노후의 모습 그 자체가 강조되어 있다는 것,
세번째로는 명암의 대비로서 대립되는
화면의 인물과 기타의 사물들을 한층
부각시키고 있다는 것 등이 그것이다. 이와
같이 하여 램브란트는 주제의 박진감 넘치는
표현에로 다가선다.

1628년 板 油彩 71×58.5cm
멜버른 국립 갤러리 빅토리아 소장

예루살렘의 파괴를 한탄하는
예언자 예레미야
THE PROPHET JEREMIAH LAMENTING THE
DESTRUCTION OF JERUSALEM

램브란트는 1630년을 전후해서 노인의
단독상(単独像)을 즐겨 그렸다. 이 작품도
그 중의 하나이며, 모델은 그의 부친으로
생각되고 있다. 위에서도 지적했듯이
램브란트의 라이덴 시대는 유채 기술의
훈련기이며, 앞의 작품과 함께 이 작품 또한
그 완성의 단계에 도달했음을 보여주고
있다. 어두운 암굴에서 부각되는 인물,
금속 용기의 반짝임, 묵직한 포목(布木)의
질감(質感) 등, 이 모두가 20년대의
생경(生硬)한 광택(光澤)과는 달리, 은근히
가라앉은 색채 속에 오히려 광채를 빛내고
있다. 작품의 주제는 물론 성서(聖書)에서
취한 것이나, 이 그림과 일치되는
기술(記述)은 없다. 램브란트가 그 주제를
자유롭게 해석한 것으로 보이며,
예언자로서 예루살렘의 불운(不運)을 알고
있던 예레미야는 아직도 예루살렘 사람들의
불행을 생각하며 슬픔에 잠겨 있다.

1630년 板 油彩 58×46cm
암스테르담 국립 미술관 소장

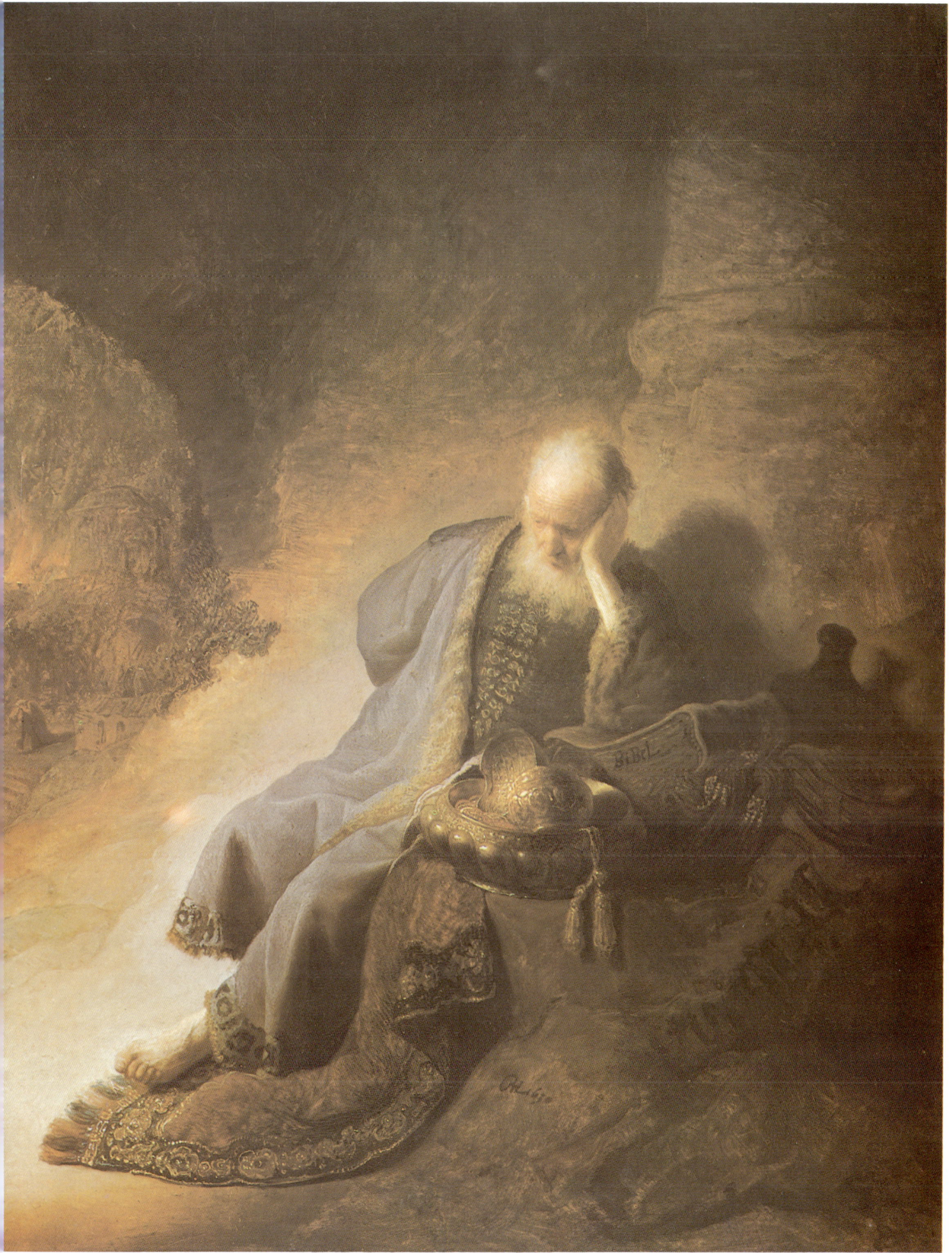

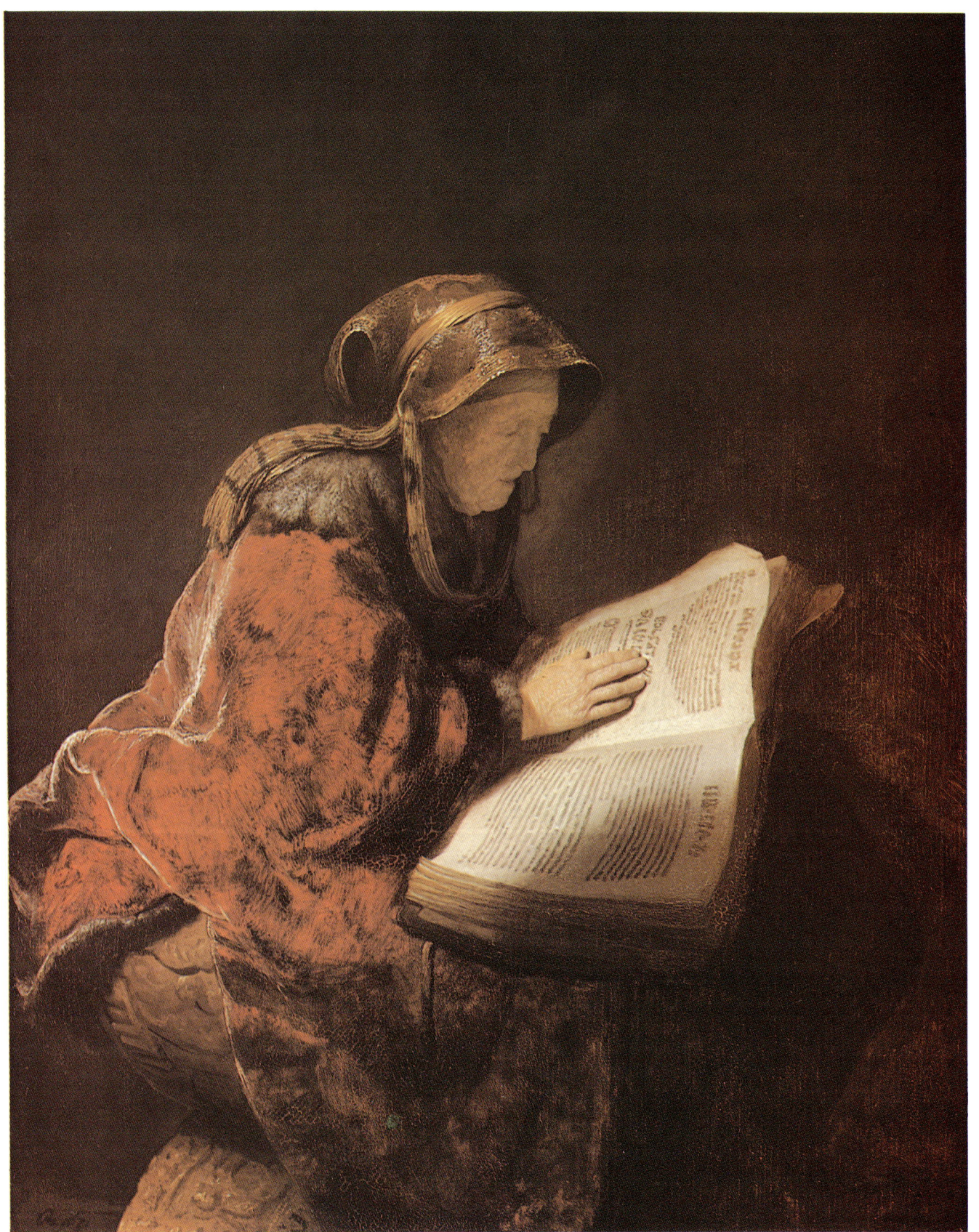

여자 예언자 한나 (렘브란트의 모친)
THE PROPHETESS HANNAH (REMBRANDT'S
MOTHER)

렘브란트의 모친은 라이덴의 빵 제조
업자의 딸로서, 1589년에 같은 시(市)의
밀가루 업자 하르멘, 즉 렘브란트의 부친과
결혼했다. 그녀의 집안은 라이덴에서도
이름난 가톨릭 신자 가족이었으며,

렘브란트도 모친을 통해 종교적 관심을
깊이했으리라는 것이 전문가들의 일치된
견해이다. 또 이 작품에 그려진 여인이
모친이라는 데에는 이론(異論)이 없으나,
그것이 여자 예언자 한나인가에 대해서는
확증이 없다. 어쨌든 이 작품은 라이덴
시대에 렘브란트가 도달한 고도의 유채
(油彩) 기술의 숙달(熟達)을 보여주고

있는 작품이다. 골똘히 책을 읽고 있는
노부(老婦)의 얼굴이며, 책장을 누르고 있는
주름살진 손등의 가식(假飾)없는 사실적
묘사를 통해 노모의 진정한 모습이
그려지고 있다. 책장에 비쳐진 광선(光線)
효과는 아직도 카라바지오풍의 것이다.

1631년 板 油彩 60×48cm
암스테르담 국립 미술관 소장

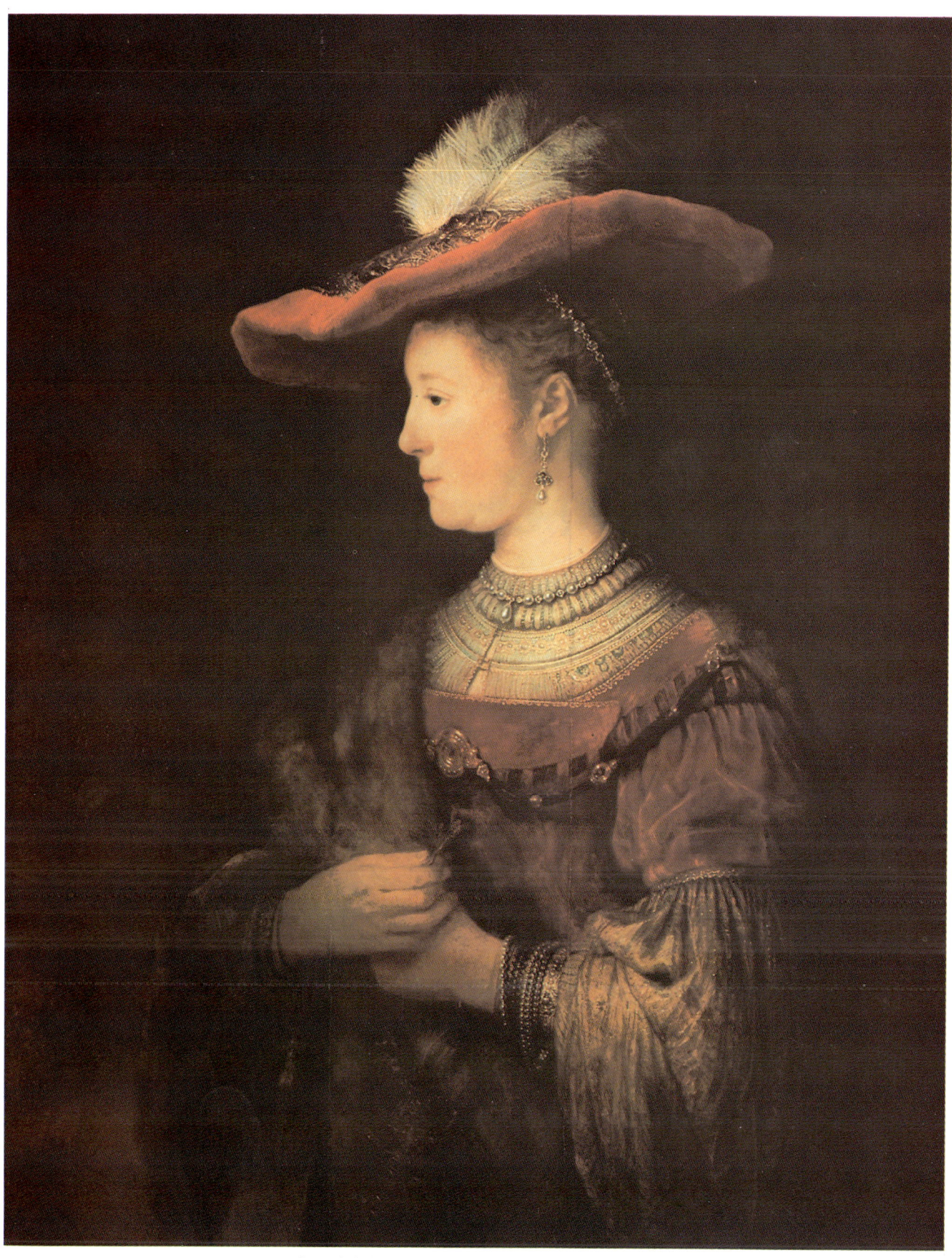

사스키아
SASKIA

이 작품이 그려질 무렵, 램브란트는
초상화가로서도 대단한 인기를 누리고
있었고, 따라서 주문도 쇄도하고 있었다.
그러한 주문 초상화 제작 틈틈이 그는 아내
사스키아의 초상화를 적어도 10여점을

그리고 있었다. 그리고, 그 초상화 모두가
화사한 의상과 모자, 화려한 장신구를 걸친
모습으로 그려져 있다. 이 초상화에서
램브란트는 이탈리아의 르네상스가 창출한
가장 이상적인 여자의 프로필상(像)인
폴라이우올로의 〈婦人像〉에 필적할 만한
아름다운 여성상을 그려내고 있다. 어두운
바탕 위에 선명하게 부각되고 있는 옆얼굴,

정교한 착색(着色)에 의한 의상과 장신구의
리얼한 질감(質感)의 표현 등, 여기에서는
램브란트가 이제까지 습득한 기법적인
완숙함이 구사되고 있으며, 동시에
사스키아를 통해 이상적인 여성상을
구현시키려고 한 것이다.
　1633~4년경 板 油彩 99.5 ×78.8cm
　카셀 국립 미술관 소장

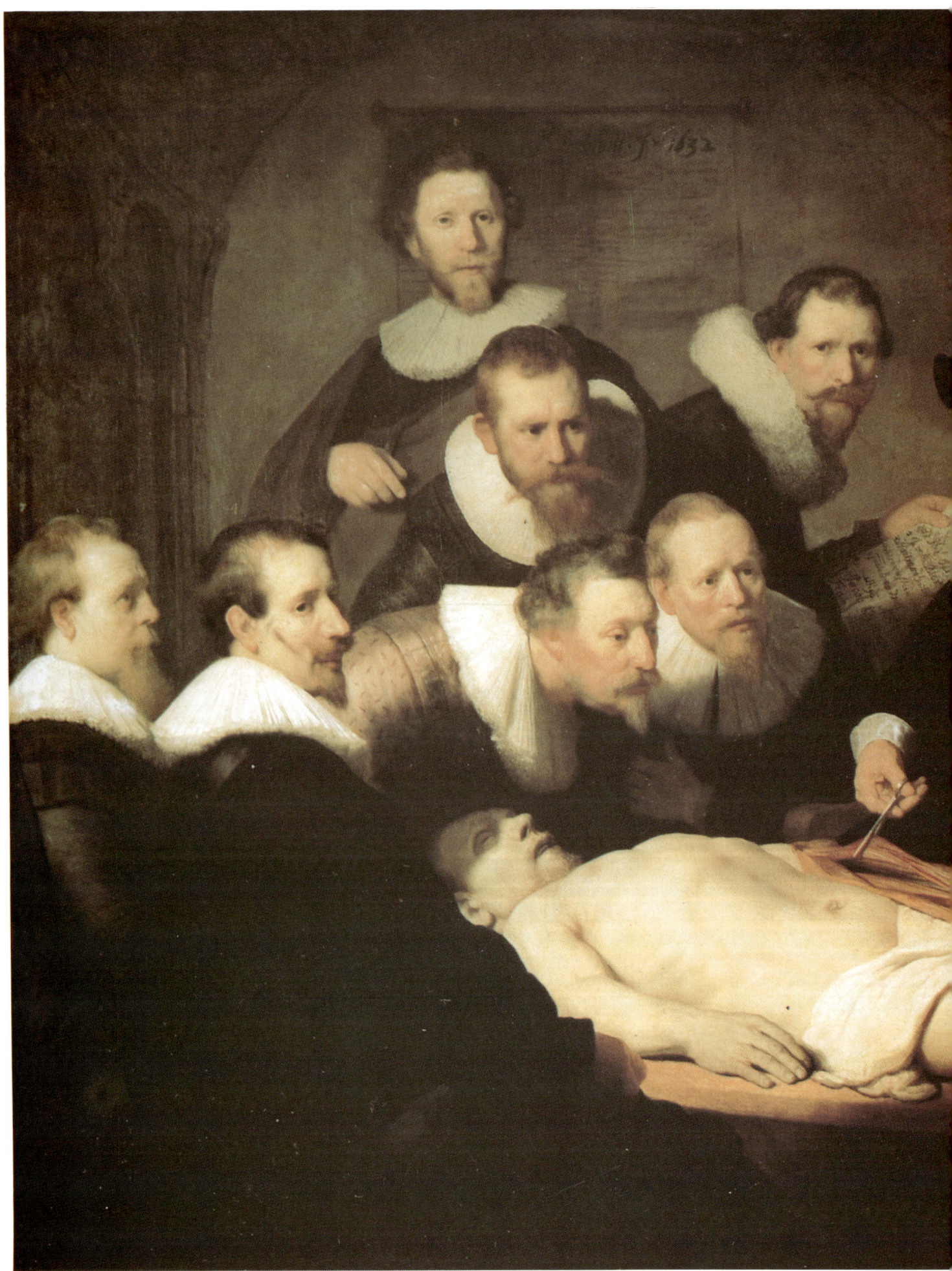

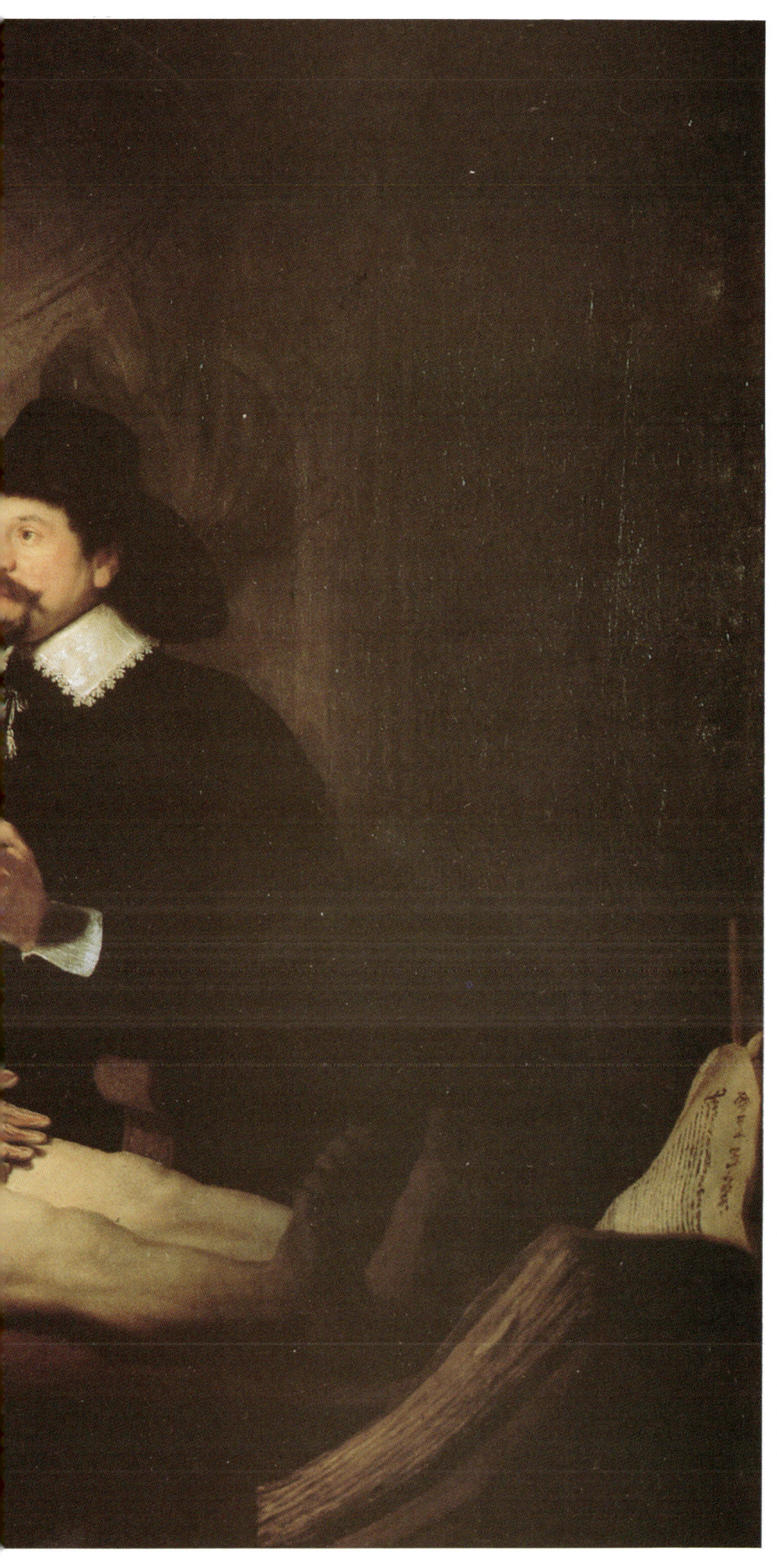

툴프 박사의 해부학 강의
DOCTOR NICOLAAS TULP DEMONSTRATING
THE ANATOMY OF THE ARM

　이 작품은 그 제목이 말해주듯이
해부학(解剖学)을 강의하는 툴프 박사와 그
강의를 청강하는 일곱 사람의 초상화이다.
이와 같이 많은 인물들이 한자리에 모여
있는 장면을 각 사람의 초상화적인 성격을
유지하면서 그려내는, 일종의 집단 초상화
(集団肖像画)로 17세기 네덜란드
회화의 특유한 초상화 형식이었다.
렘브란트로서는 이 작품이 이 분야에
있어서의 최초의 작품이다. 이 초상화에서
렘브란트는 개개인의 전통적인 초상화를
한자리에 나란히 그린다는 집단 초상화의
형식을 버리고, 먼저 해부학 강의라고 하는
테마 표현에 초점을 맞추고, 그것을
중심으로 해서 각 개인의 인물을
묘사한다는 혁신적(革新的)인 집단
초상화를 창출(創出)해 냈다. 이 작품에서도
아직 카라바지오풍(風)의 명암법이
남아 있으나, 그 효과에 의해 인물 상호간의
긴장 관계가 정확하게 포착되어 있다.

　1632년 캔버스 油彩 169.5×216.5cm
　덴 하그 마우리츠하이스 미술관 소장

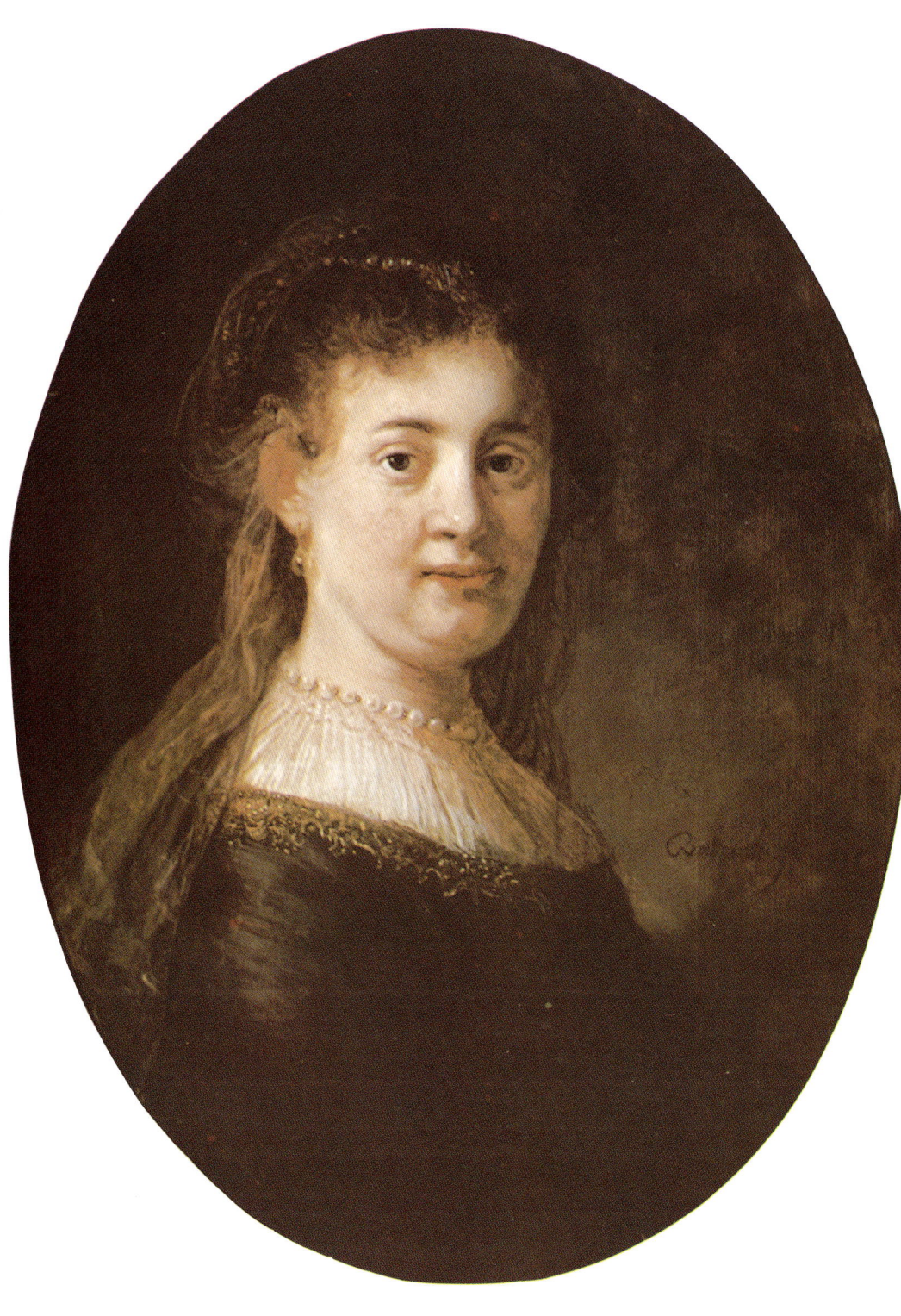

베일을 걸친 사스키아
SASKIA WITH A VEIL

라이덴에서 다시 암스테르담에 나타난
렘브란트는 그곳 명문의 딸 사스키아와
1633년에 약혼, 이듬해 결혼한다. 이
사스키아상(像)은 약혼 시절의 작품이다.
양가 집의 딸답게 사스키아는 머리로부터
어깨까지 베일을 걸치고 있고, 또 머리, 귀,
목에는 진주가 걸려 있다. 그 밖에도 금빛
레이스가 달린 화사한 의상과 호화로운
장신구, 그러나, 이와 같은 치장은 오히려
무언가를 꿰뚫어 보려는 듯한 사스키아의
대담한 눈매와 믿음에 찬 표정이 오히려 이
모든 장신구들을 압도하고도 남음이 있다.
암스테르담에서 바야흐로 화가로서의
명성을 떨쳐 가는 렘브란트가 다시 뜻하지
않게 명문과 미를 겸비한 여성을 얻게 된
기쁨이, 사스키아의 모습을 통해 넘치고
있다 할 수 있을 것이다.

1633년 板 油彩 66.5×49.7cm
암스테르담 국립 미술관 소장

십자가로부터의 降下
THE DESCENT FROM THE CROSS

이 작품은 그리스도 수난전(受難伝)
연작 다섯 작품 중의 두번째의 것이다. 이
연작은 〈십자가에 못박히는 그리스도〉에서
시작하여 〈降下〉, 〈승천〉, 〈매장〉, 〈부활〉의
5 부작으로 되어 있으며, 이 연작의 완성에
7 년이 필요했다. 이 7 년에 걸친 그리스도
수난(受難) 연작을 통해서 렘브란트가
추구한 것, 그것은 바로 생동(生動)하는
인간의 내면적 감동의 표현이었다. 그러한
감동의 표현을 그는 일단은 극적인 명암의
대비로 포착했고, 인물의 자태와 배치에
있어서의 동세(動勢), 그리고 테마 자체가
지니는 비극성을 어떤 의미에서는 매우
단출한 화면 구도 속에 압축시키고 있다. 이
그림은 아마도 동시대의 바로크 회화(絵画)의
거장 루벤스의 작품을 의식해서 그려진 것이
아닌가도 생각된다.

1633년경 板 油彩 89.4×65.2cm
뮌헨 알테 피나코텍 소장

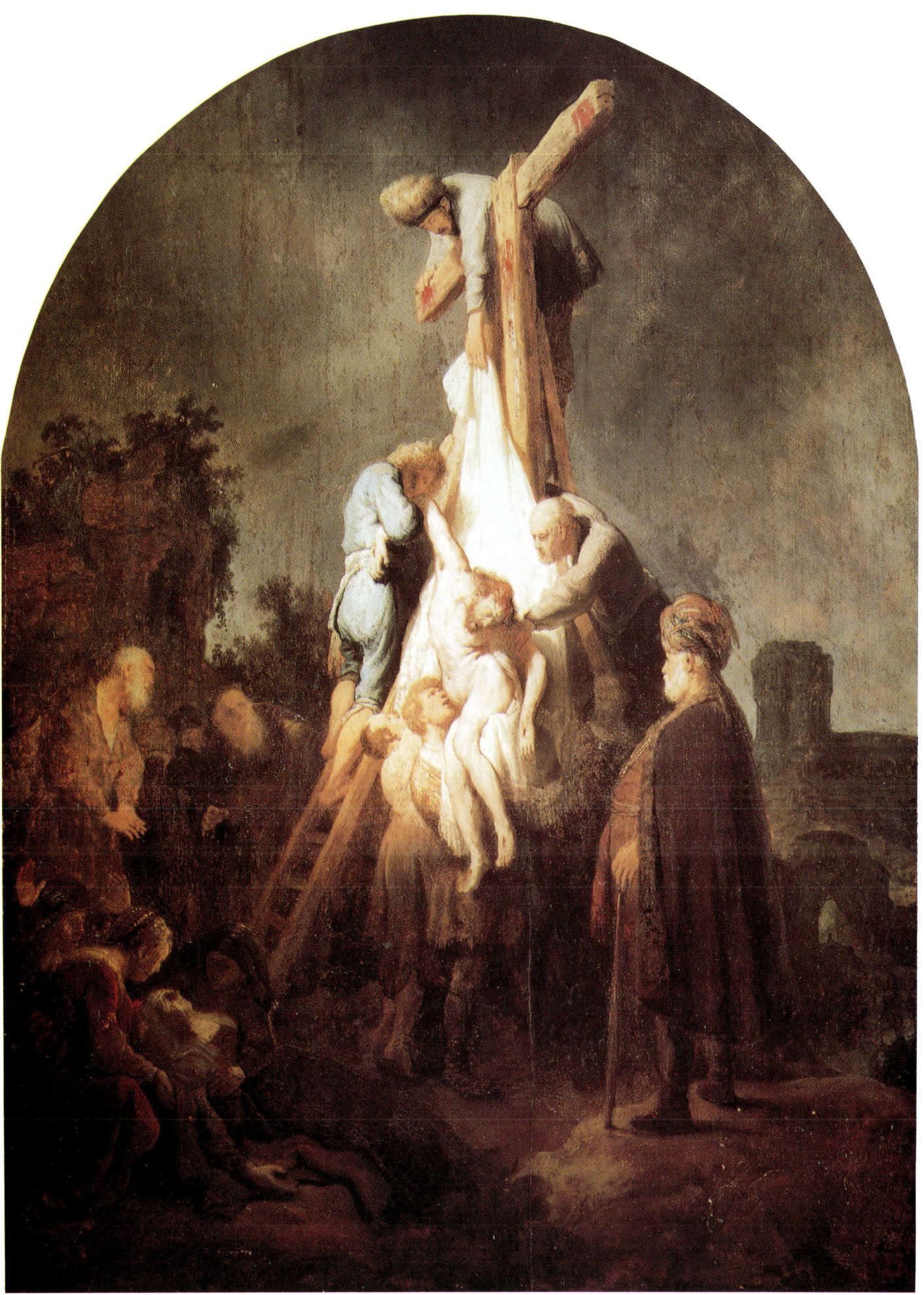

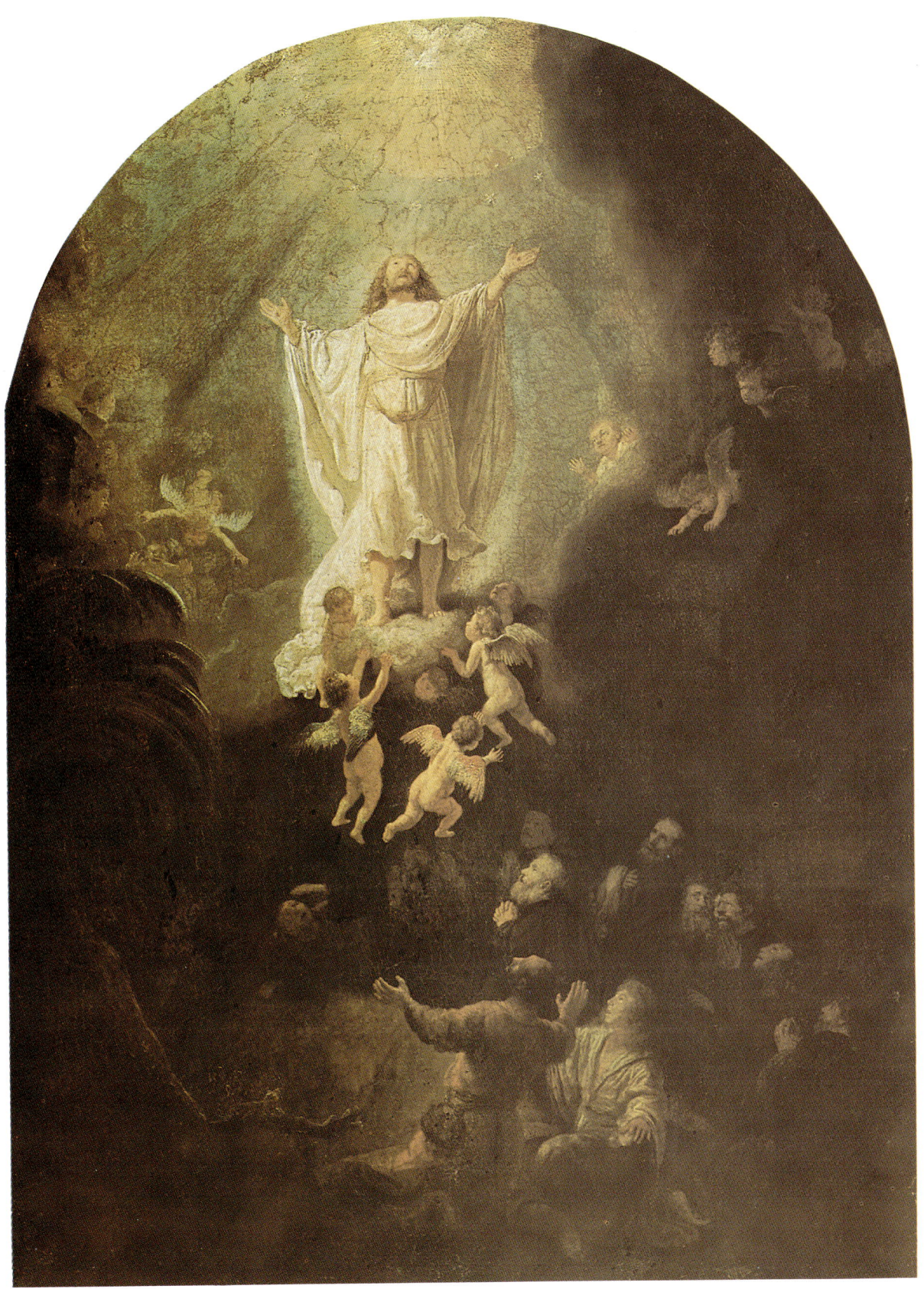

그리스도의 승천
THE ASCENSION OF CHRIST

이른바 〈昇天図〉는 〈성모 승천〉이
관례적인 것이다. 램브란트의 이 〈승천도〉도
그 발상(發想)의 원천은, 멀리는 티지아노의
〈성모 승천〉, 가깝게는 루벤스의, 같은
주제의 작품이었을 것으로 짐작된다.
그러나, 램브란트는 이들 그림에서의 성모

마리아를 그리스도로 바꾸어 놓고 있는
것이다. 일반적으로 〈성모 승천〉이라는
테마는 바로크 화가들이 즐겨 다루어 온
테마이다. 구름을 끼고 신비로운 햇살이
번지는 하늘, 그것을 떠받치는 천사들,
그것들에 휩싸여 찬란한 빛에 싸여
승천하는 마리아. 이는 장려함과
사실적인 면에서도 유동성을 잃지 않는
바로크 회화의 안성마춤인 화제(画題)인

것이다. 1630 년대의 램브란트는 그의
화력(画歷)에 있어서도 가장 바로크적인
경향이 강하게 나타나는 때이며, 그
바로크적 경향이 성모 승천을 그리스도의
승천으로 이끌어 간 것이다.

1636년 캔버스 油彩 92.7×68.3cm
뮌헨 알테 피나코텍 소장

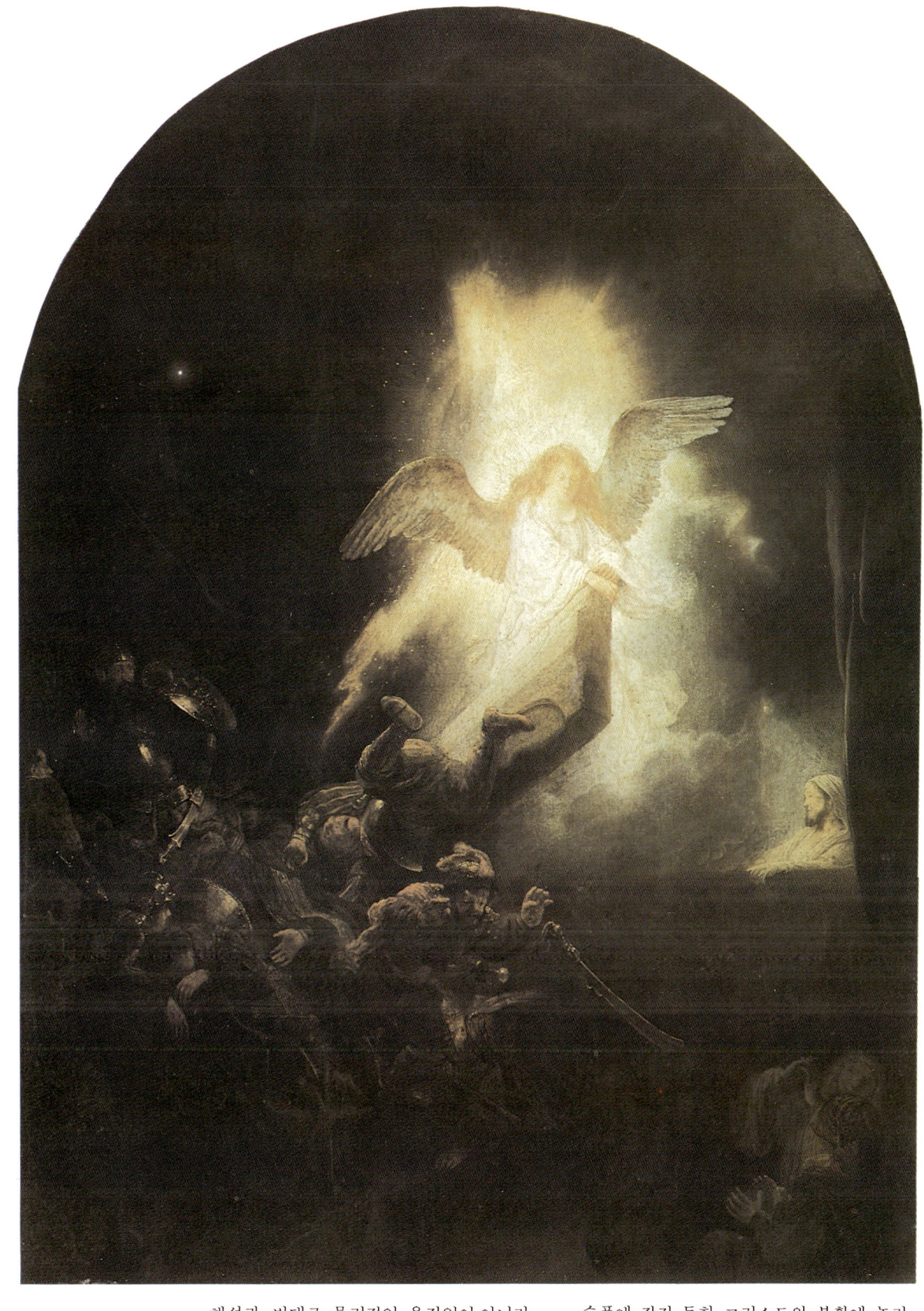

그리스도의 부활
THE RESURRECTION OF CHRIST

이 작품에 대해서 렘브란트 자신이 가장
자연스러운 움직임을 표현하려고
고심했다고 말하고 있다. 그러나, 그의 그
자연스러운 움직임이라는 표현에 대한
해석이 또한 엇갈린다. 즉, 문자 그대로의
화면에서의 자연스러운 움직임을 뜻한다는

해석과, 반대로 물리적인 움직임이 아니라
내면적인 감정의 움직임이라는 해석이
그것이다. 어쨌든 이 그림의 장면은
떠들썩한 혼란의 상태로 그려져 있다.
무장한 경비인들은 놀란 나머지 갈피를
잃고 있고, 반면에 부활하는 그리스도는
화면 한 모퉁이에서 서서히 신성한 빛을
발하며 모습을 드러내고 있다. 화면 중앙
전체를 밝히는 천사의 부름에 오히려

슬픔에 잠긴 듯한 그리스도와 부활에 놀라
허둥지둥하는, 이 고요와 떠들석함의 대비,
이 드라마는 바로 화가 자신의 종교적
심성(心性)의 표현으로 보아 무방할 것이다.

1639년경 布 板 油彩 91.9×67cm
뮌헨 알테 피나코텍 소장

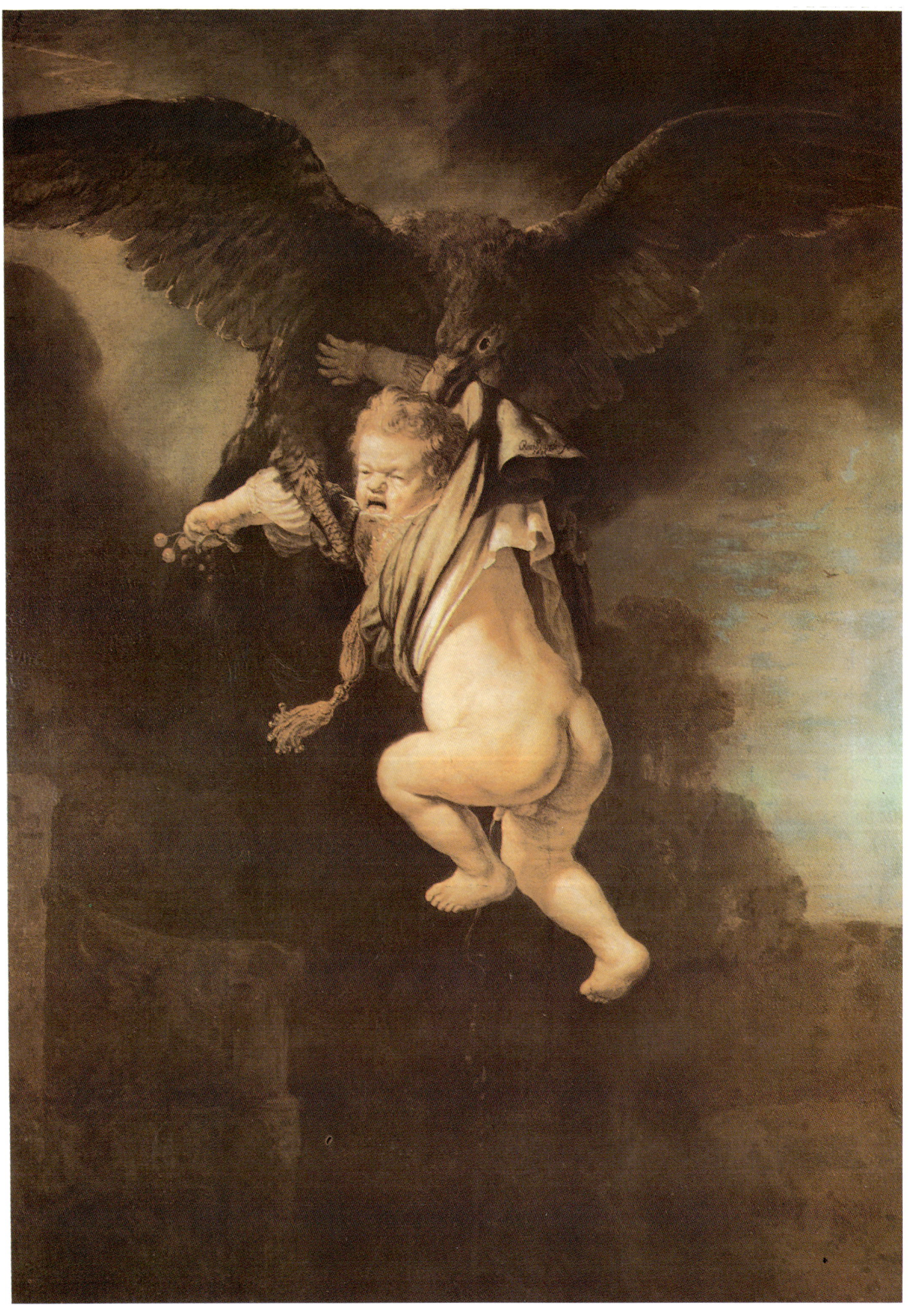

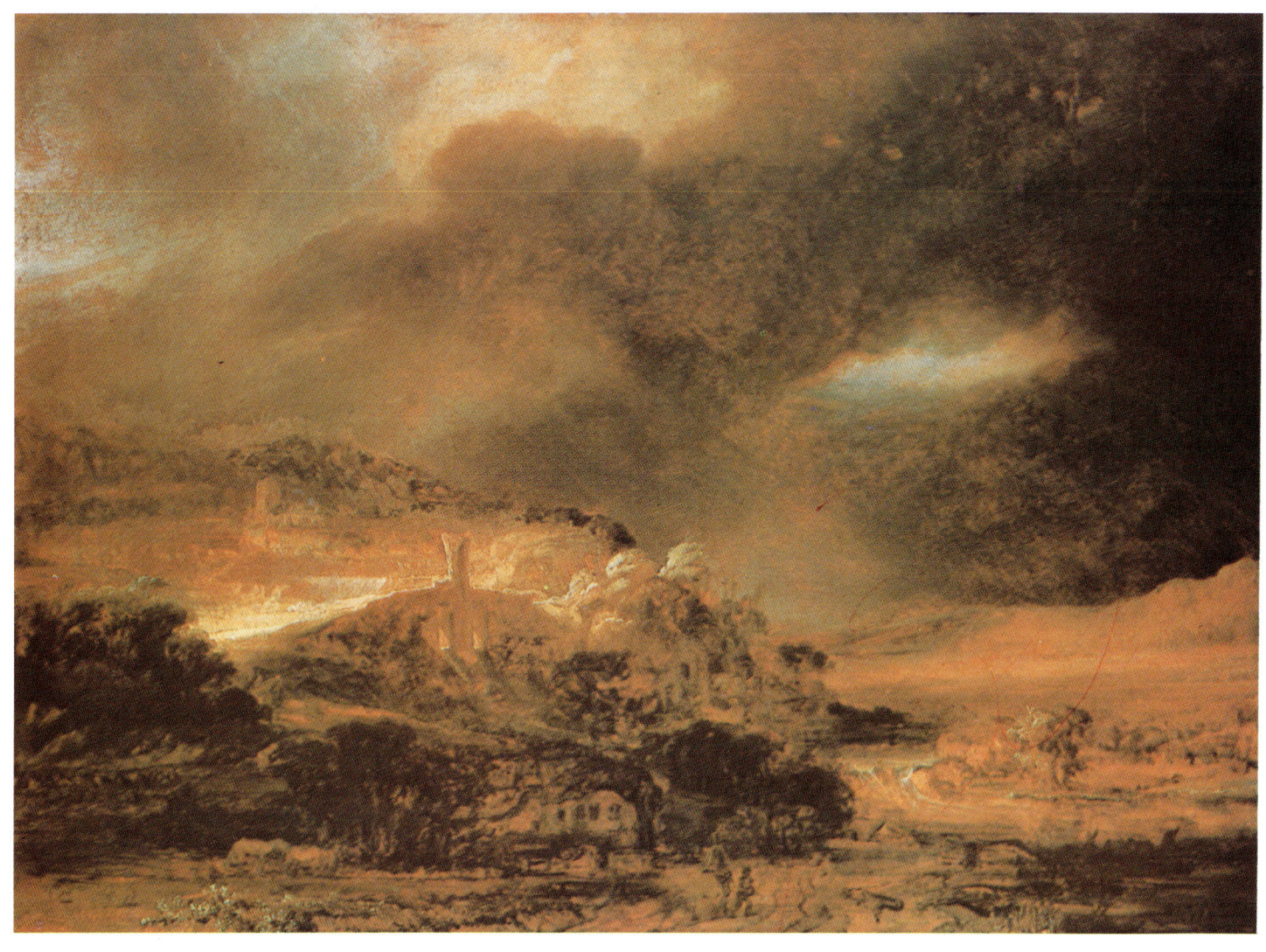

가니메데스의 납치
THE ABDUCTION OF GANYMEDE

고대 그리스 신화에서는 가니메데스는
미소년(美少年)이었다. 그 아름다움에
매료된 제우스는 그를 녹수리를 시켜
납치케 하여 올림퍼스산에 데려오게 한다.
그렇다면 전통적으로 미소년으로 그려져
온 가니메데스를 램브란트는 왜 그처럼
공포에 떠는 어린애의 모습으로 그려냈을까?
이 작품에서 램브란트는 신화(神話)에서
테마를 취하면서도, 그것을 한낱 신화적인
세계의 것으로 다루지 않고, 그것을 현실의
한 장면으로 묘사하려고 한 것이다. 실제로
그는 이 작품을 위해, 독수리에 채어
공포에 울부짖는 어린애의 스케치를 남겨
놓고 있으며, 그것을 그대로 이 그림에
살리고 있는 것이다. 램브란트는 신화의
단순한 서술적인 묘사보다는 인간의 공포감을
보다 리얼하게 표현하려고 했으며, 그것이
특히 1630년대 중반기에 나타나는 그의
특징이기도 하다.

1635년 캔버스 油彩 171×130cm
드레스덴 국립 회화관 소장

폭풍을 머금은 풍경
STORMY LANDSCAPE

램브란트의 풍경화는(風景画)는 1630년대 후반에서부터 50년대
전반에 걸친 약 20 년 사이에 그려지고 있다. 소묘가 약 250점, 에칭
24점, 그리고 유화 17점에 달하는 풍경화는 그다지 많은 작품 수는
아니나, 램브란트의 예술적 전개 과정에 있어서는 매우 중요한 분야였다.
그 이유는 자연의 묘사가 그로 하여금 회화 표현상 및 심리 표현상에
있어 새로운 경험을 얻게 하고, 또한 넓이 있는 공간과 아울러 외광의
문제에까지도 눈뜨게 했기 때문이다. 이 〈폭풍을 머금은 풍경〉은
일종의 상상풍경화(想像風景画)라고 할 수 있을 것이며, 한순간의
반짝이는 양광(陽光)으로 언덕 위의 마을이 환하게 물들여져 있다.
그러나 그 양광은 명멸하며, 먹구름과 양광, 하늘과 대지의 화면에
넘치는 극적인 명암의 대비는 이 그림에 신비감마저 부여하고 있다.

1638년경 板 油彩 52×72cm
브라운쉬바이크 안톤 울리히侯 미술관 소장

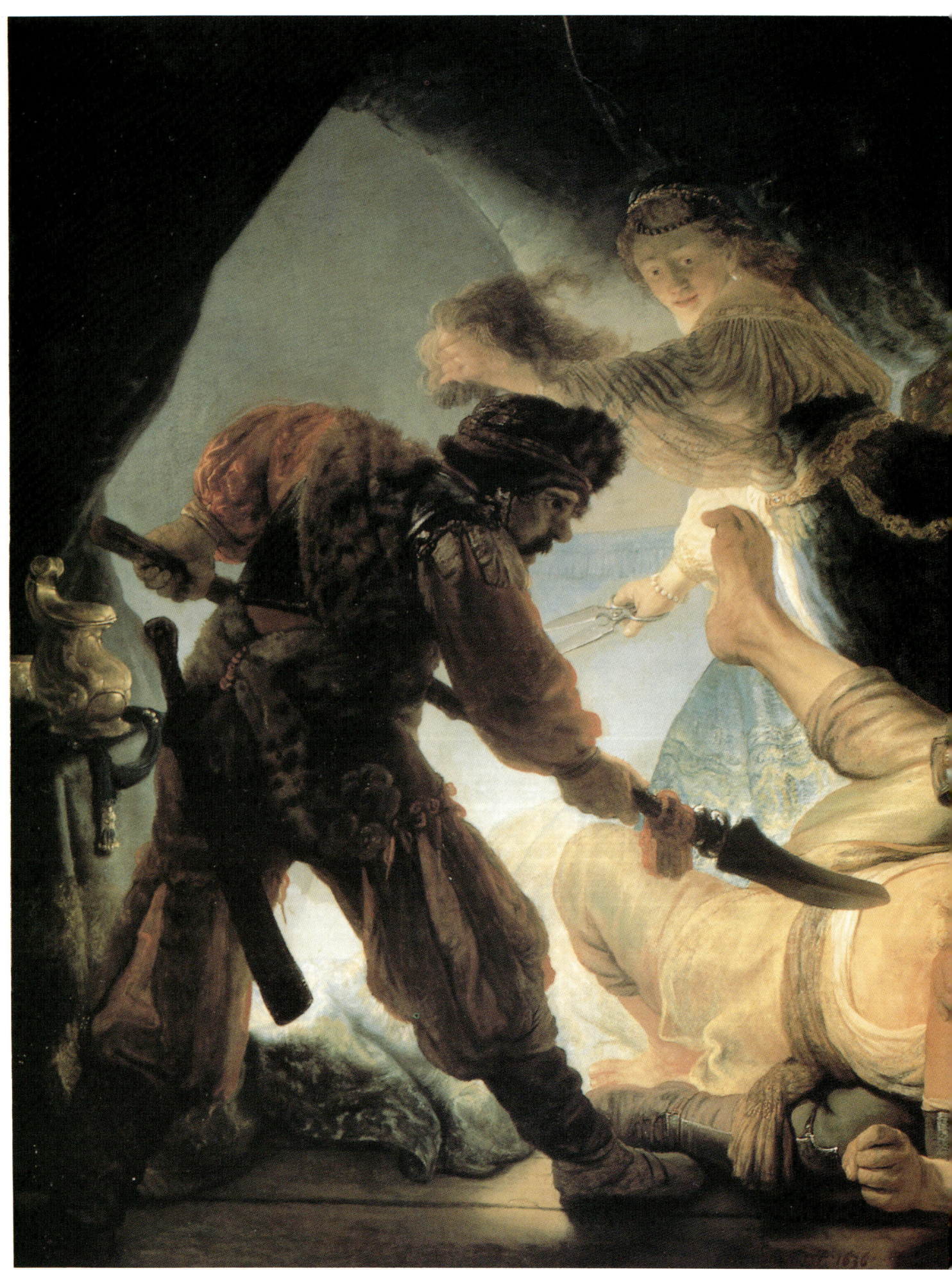

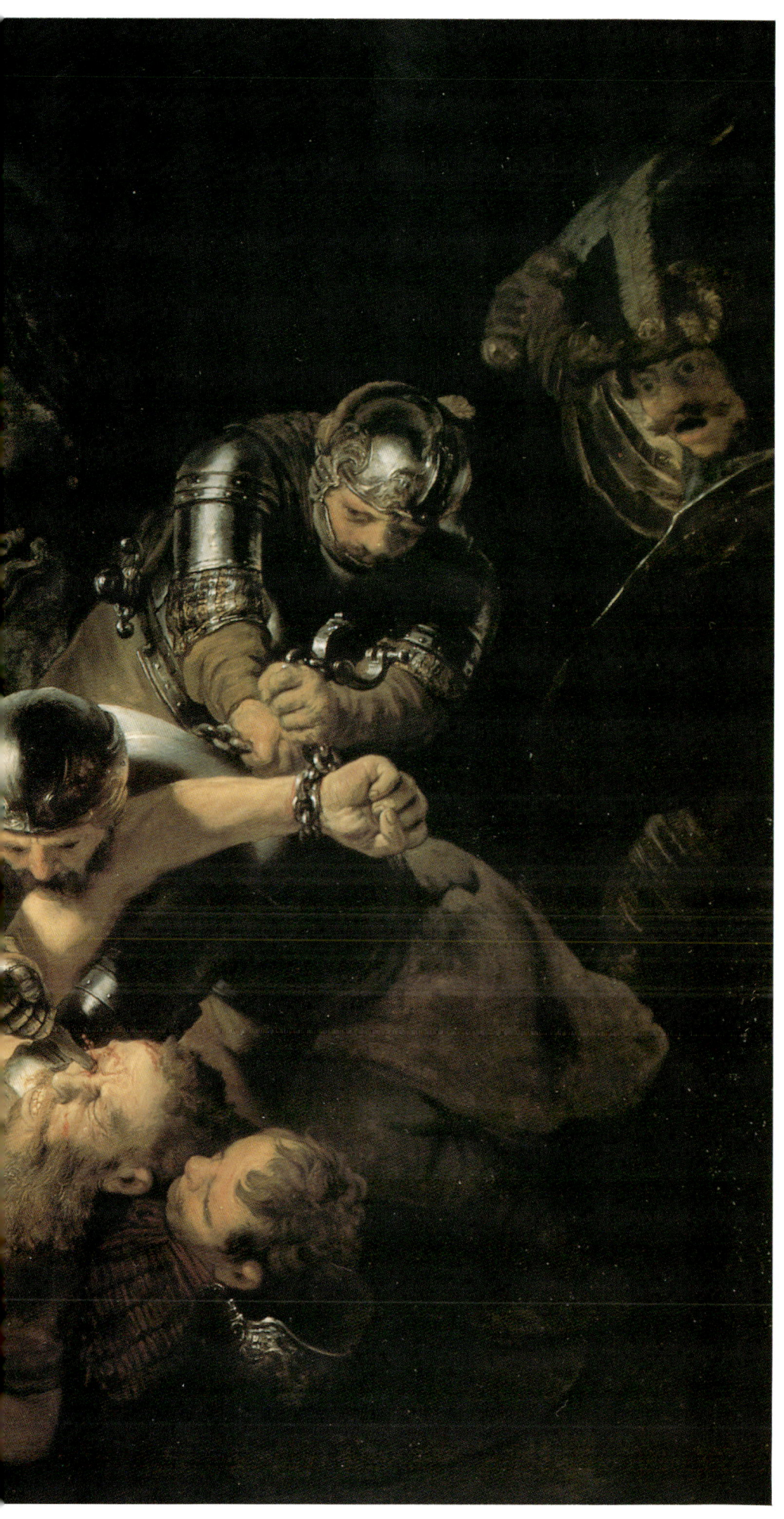

장님이 되는 삼손
THE BLINDING OF SAMSON

어느 램브란트 연구가는 이 작품을 두고
다음과 같이 말하고 있다. 「그 무서운
리얼리즘과 색채를 사용한 잔인하리만큼
강렬한 회화는 램브란트의 가장 악마적이고
가장 사람의 마음을 사로잡는 작품의
하나이다.」 사실, 이 그림 앞에 한번 선
사람은 결코 잊을 수 없는 강렬한 충격을
받을 것이 틀림없다. 화면 뒤쪽으로부터
전경(前景) 오른쪽으로 강한 광선이 비쳐
들어오고 있고, 비쳐지는 광선의 방향을 따라
몸부림치는 삼손의 몸이 눕혀 있다. 그리고
광선이 와 닿는 그 끝에 삼손의 눈을
후비는 단도가 꽂혀져 있다. 광선이
흘러들어오는 입구에는 삼손의 머리칼과,
가위를 들고 짓궂은 미소를 띤 델리라가 서
있으며, 그것이 고통에 일그러진 삼손의
얼굴과 강한 대조를 이루고 있다.
램브란트의 가장 바로크적인 작품이다.

1636년 캔버스 油彩 241.5×291cm
프랑크푸르트 슈테델 미술관 소장

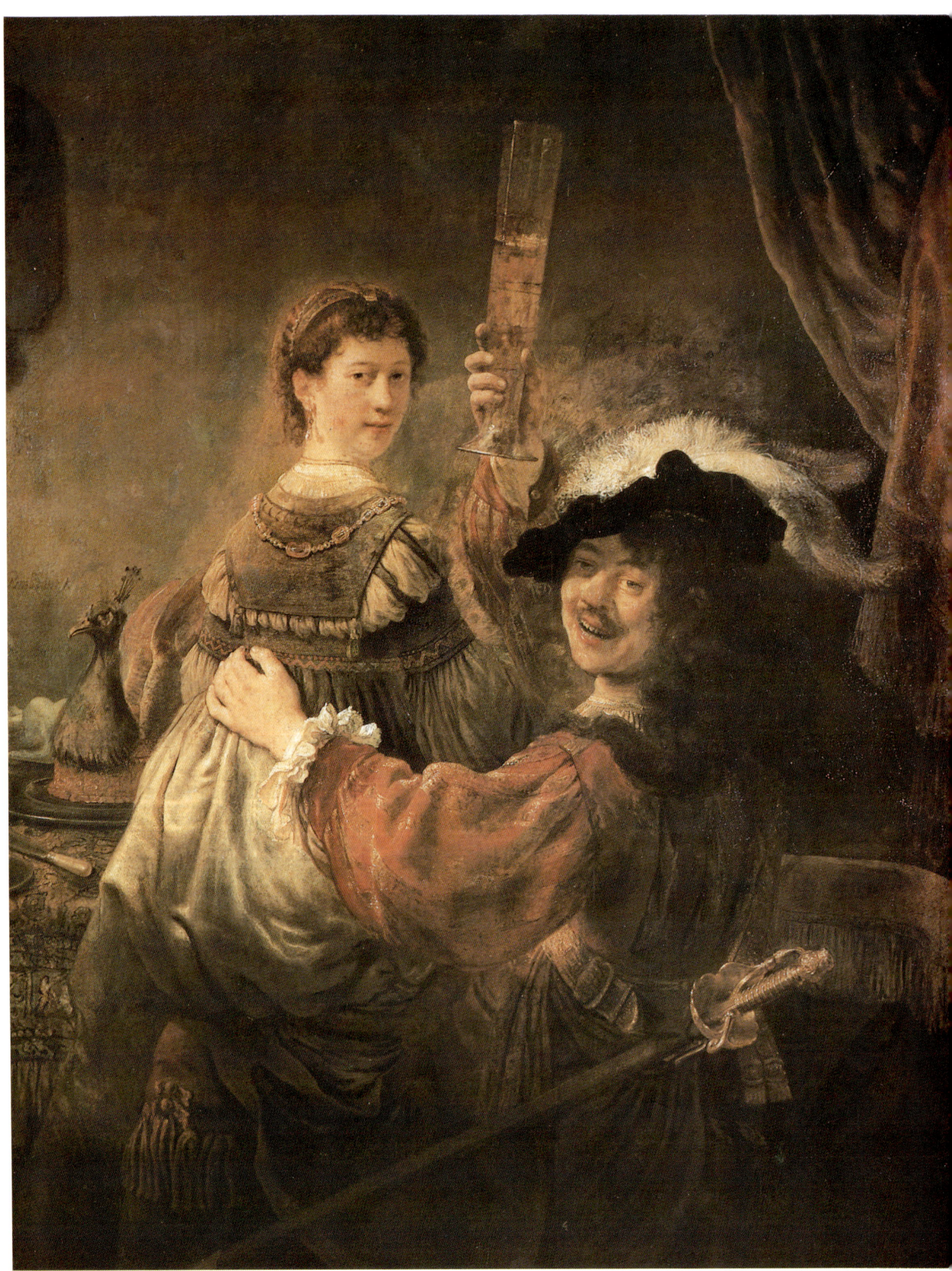

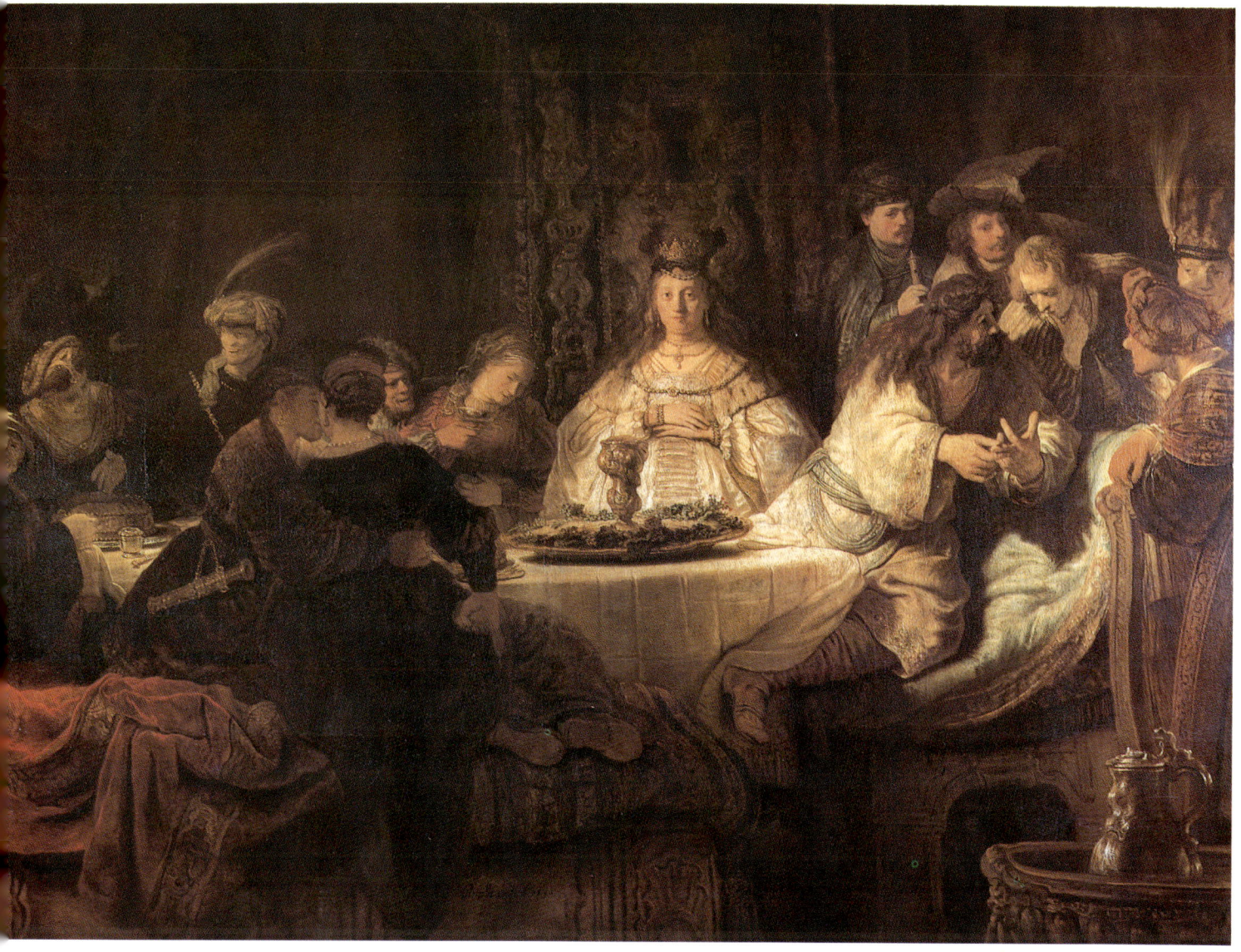

선술집의 방탕아
THE PRODIGAL SON IN THE TAVERN

이 작품의 주제에 대해서는 그동안 여러
가지 해석이 내려지고 있다. 그 해석을
대별하면 다음의 세 가지로 나뉘어진다.
첫째, 램브란트의 신혼 생활의 행복한 모습을
그린 것. 둘째, 성서(聖書)에 나오는 방탕아의
역할을 스스로 연기하고 있는 램브란트와
사스키아 부부. 세째, 자만심(自慢心)에 대한
경종의 우의(愚意)가 담긴 것. 그러나, 그와
같은 해석은 어쨌든 이 작품은 램브란트
자신과 사스키아를 모델로 한, 다분히
우의적인 2인 초상화임에는 틀림없다.
이 그림에서는 의기 양양한 램브란트가
사스키아를 무릎 위에 앉히고 이쪽을 향해
술잔을 높이 들고 있다. 그리고 왼쪽 탁자
위에는 공작이 놓여 있다. 네덜란드의 도덕적
우의(寓意)에 의하면 술잔은 호의호식을,
공작은 오만함을 의미한다고 한다.
램브란트가 차고 있는 칼도 그 때의
신분으로서는 허용되지 않은 것이었다.

1636년경 캔버스 油彩 161×131cm
드레스덴 국립 회화관 소장

삼손의 혼례식
SAMSON POSING THE RIDDLE TO THE WEDDING GUESTS

혼례식 축하연에 초대된 신부 델리라의
친지들에게 삼손이 수수께끼를 묻고 있는
장면이다. 이 작품에 관해 당대의 한
문필가는 다음과 같이 말하고 있다.
「램브란트는 주제에 담겨진 이야기를
충실하게 그려내고 있다. 고대인들은
지금의 우리들처럼 의자에 앉지 않고 대신
자그마한 침대를 사용했다. 한번도 깎아 본
적이 없는 장발의 삼손은 그 손짓 등으로
미루어 열심히 수수께끼를 묻고 있는 것이
분명하며, 따라서 이 그림이 삼손의 혼례식
축하연이라는 것을 알 수 있다.」 그러나 이
작품에서는 주인공이 삼손이 아니라,
신부이다. 그림의 거의 중심부에 위치한
신부는 강한 광선을 온 몸에 받으며 두
손을 가슴에 얹고 정면을 향해 앉아 있다.
그녀는 떠들썩한 분위기와는 대조적으로
전체 화면에서 고립되어 있는 듯하며
동시에 화면을 지배하고 있는 것이다.

1638년 캔버스 油彩 126×175cm
드레스덴 국립 회화관 소장

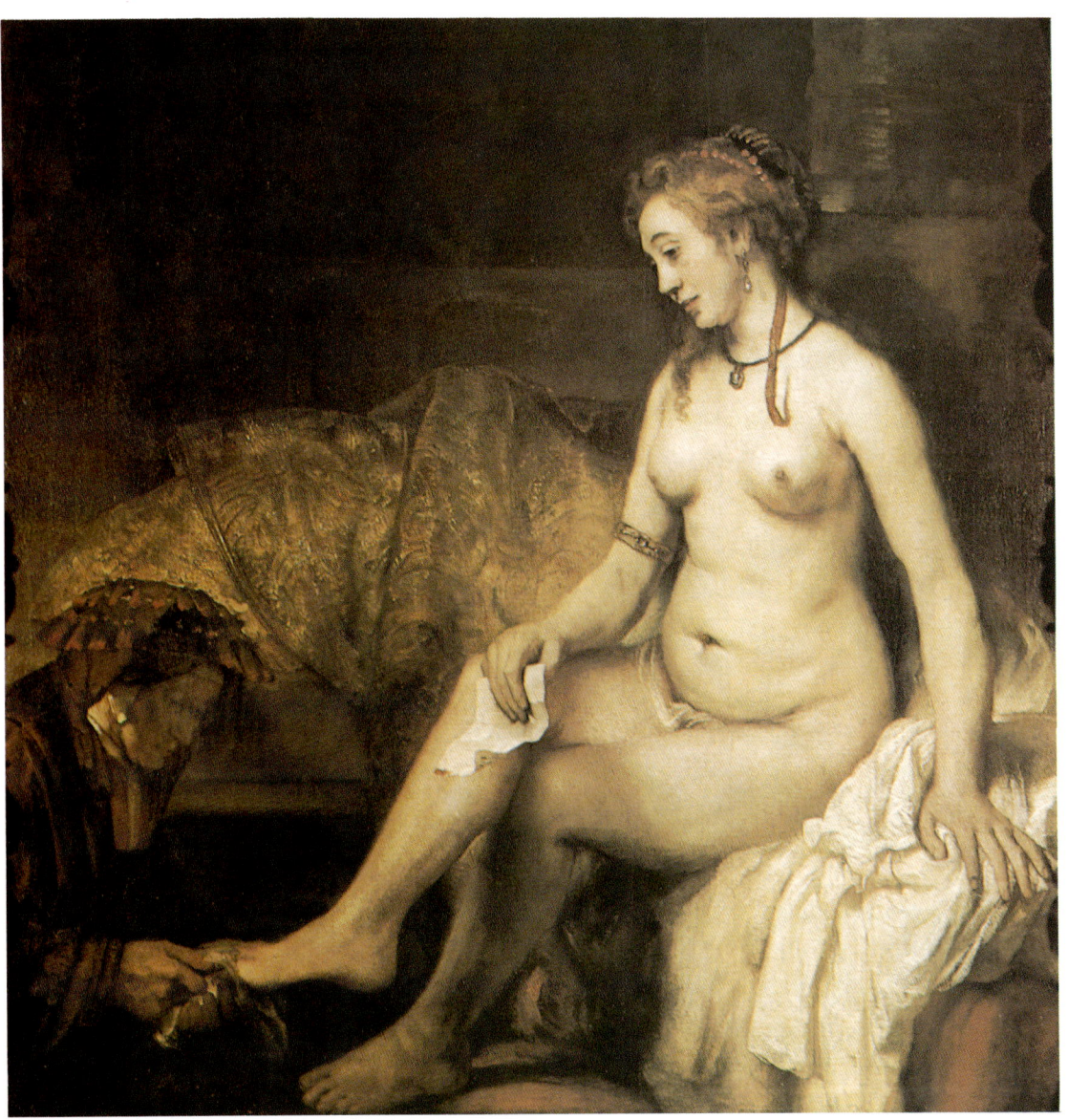

다윗王의 편지를 든 밧세바
BATHSHEBA WITH KING DAVID'S LETTER

목욕하는 수잔나
SUSANNA SURPRISED BY THE ELDERS

구약성서에서 주제를 따온 작품으로서 다윗의 아내가 되라는 사자의 편지를 들고 있는 밧세바의 모습이 그려져 있다. 그 모습은 풍만한 여체의 아름다움을 과시하고 있으나, 동시에 다가올 비극적인 운명을 두려워하는 우수가 깃들어 있다. 그녀는 종당에는 다윗을 배반해야 하는 운명에 있었기 때문이다. 궁극적으로 이 작품은 헨드리키에를 모델로 한 누드화(畵)이기는 하나 램브란트의 주요 관심사는 바로 밧세바의 마음의 갈등을 그려내는 데 있었다. 작품의 구도 자체는 고대의 부조(浮彫) 작품을 묘사한 동판화에서 빌어 온 것이기는 하나, 그 구도 이상으로 램브란트에게 중요한 것이 밧세바의 얼굴 표정이었다. 요컨대 램브란트는 고대의 구도 원리에 따르면서 그것을 그의 고유한 비극적 드라마로 묘출(描出)한 것이다.

1654년경 캔버스 油彩 142×142cm
파리 루브르 미술관 소장

〈목욕하는 수잔나〉라고 하는 주제는 르네상스 이래 즐겨 다루어진 테마이다. 그리고 대개의 경우, 거기에는 나체의 수잔나와 그것을 숨어서 바라보는 두 장로가 등장한다. 그러나 램브란트의 이 작품에서는 두 장로의 모습은 보이지 않고 수잔나의 등 뒤, 어두운 숲 그늘 속에 희미하게 한 장로의 얼굴이 보일 뿐이다. 정원에서 막 목욕하려는 수잔나는 인기척에 놀라, 놀라움과 수치심으로 몸을 움츠리고 있다. 그러면서도 그녀의 풍만하고 싱싱한 육체가 햇볕을 온 몸에 받고 하나의 광선의 드라마를 연출하고 있다. 이 작품이 그려지기 일년 전 램브란트는 역시 여체의 아름다움에 매료되어 제작한 「다나메」를 그리기도 했거니와, 이 작품 역시 나부(裸婦)에 대한 관심에서 그려진 것으로 생각된다.

1637년경 板 油彩 47.5×39cm
덴 하그 마우리츠하이스 미술관 소장

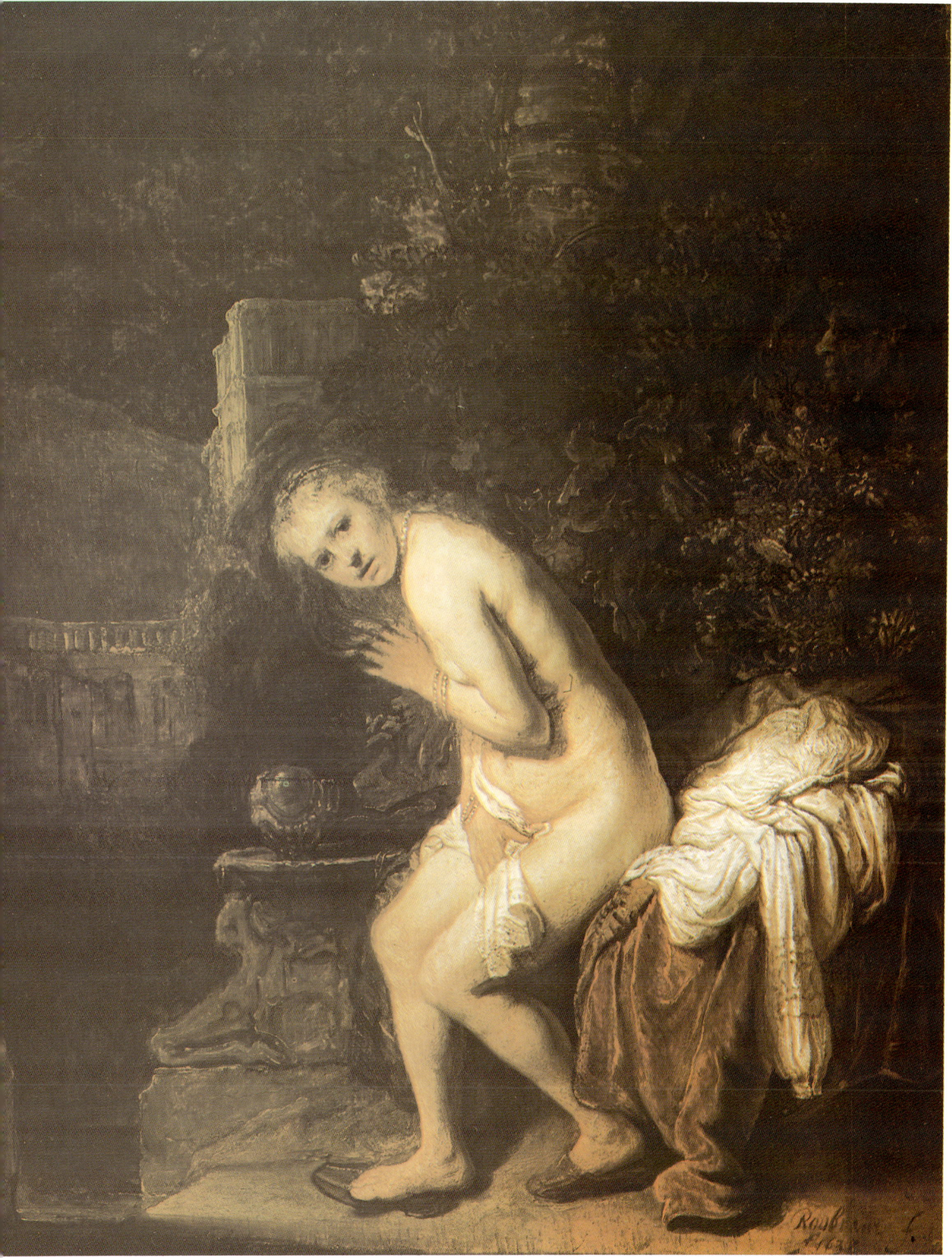

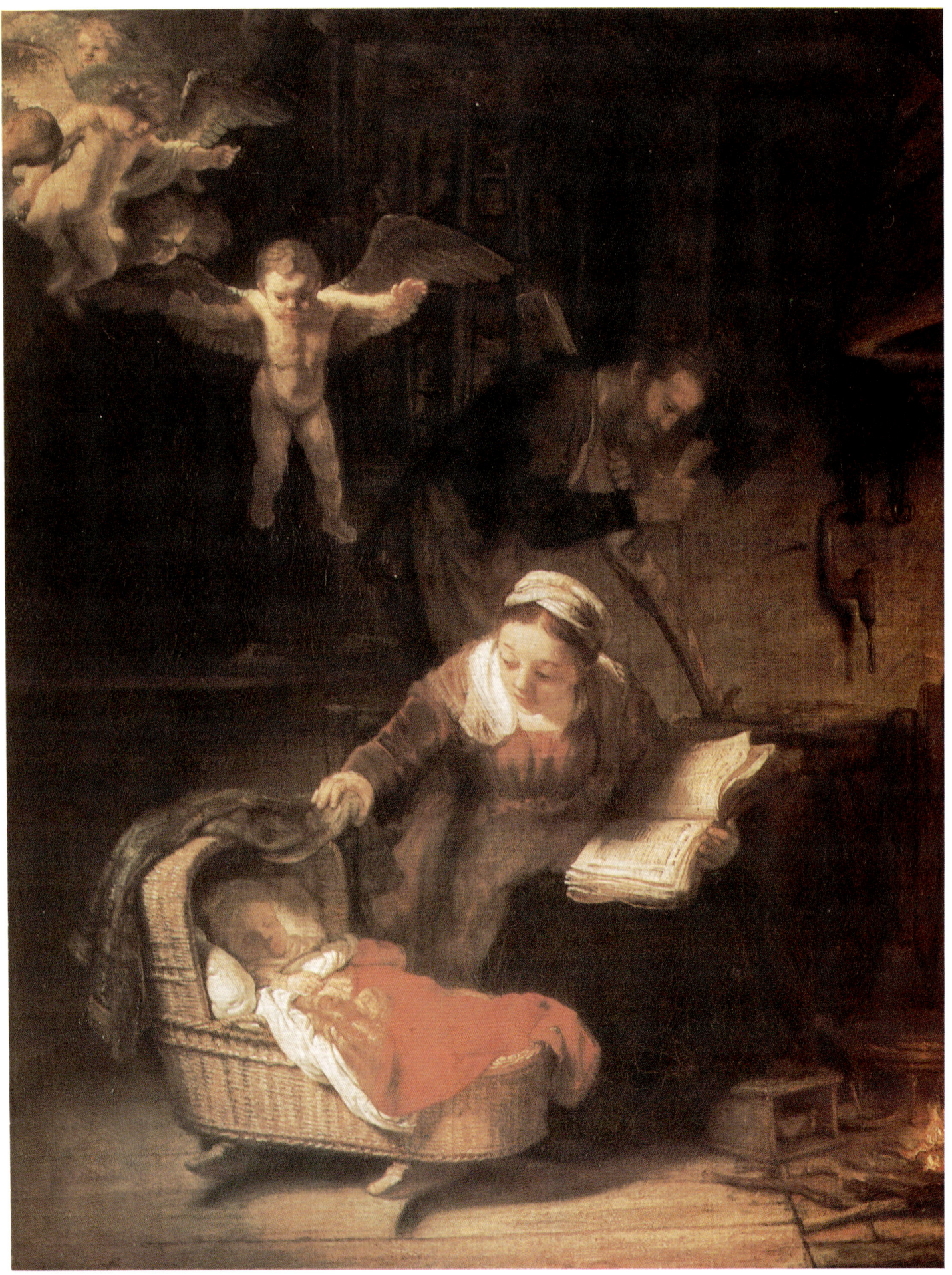

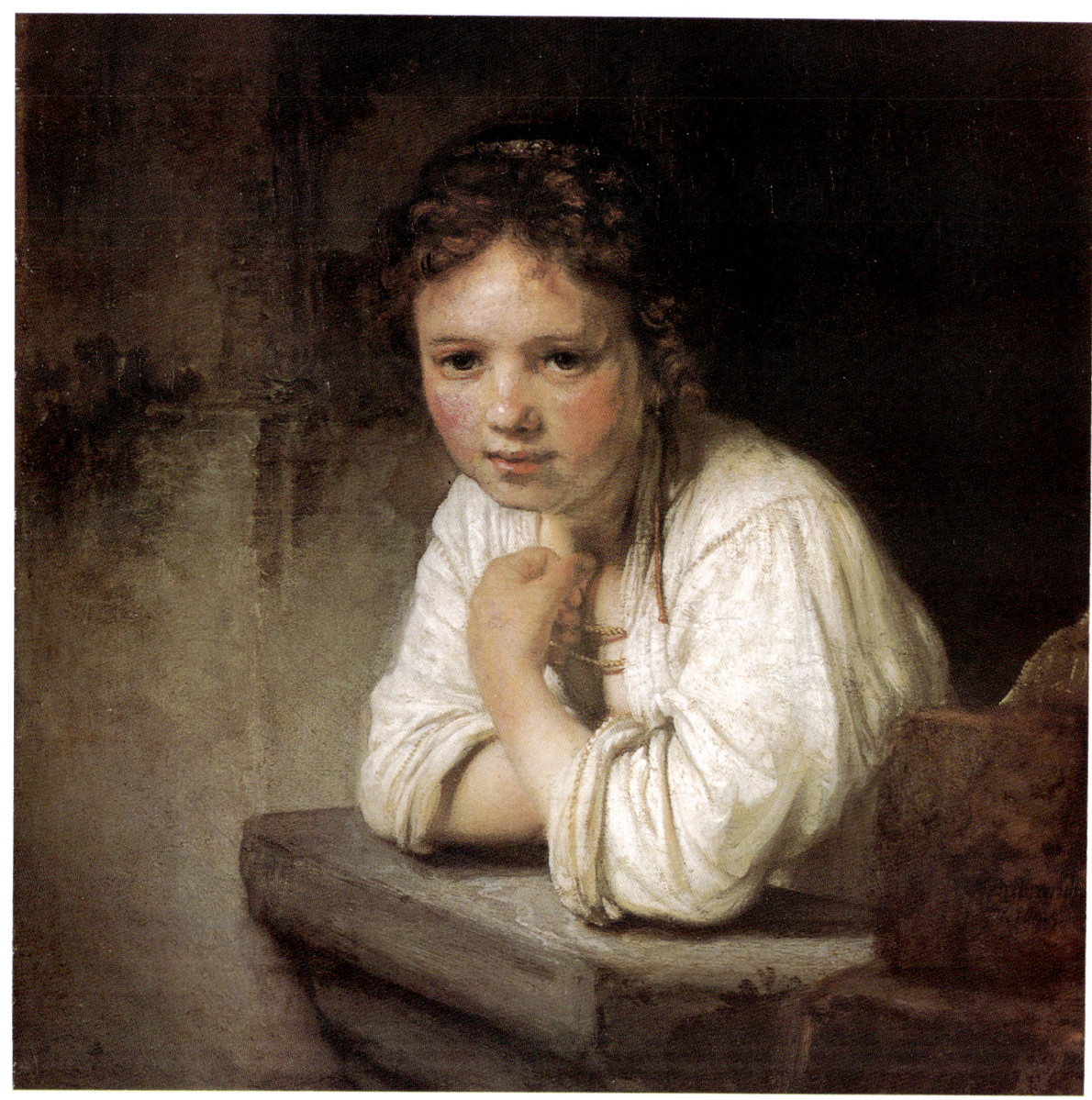

聖家族(천사와 더불어)
THE HOLY FAMILY (WITH ANGELS)

창가에 앉은 소녀
YOUNG GIRL LEANING ON A WINDOWSILL

　램브란트는 〈聖家族〉의 주제를 소묘, 에칭, 유화에서 줄곧 되풀이해 그렸다. 1630년 초기에는 다분히 루벤스풍의 성화(聖畵)를 연상시키는 것이었으나, 40년대 후반기의 이 작품은 종교화라기보다는 오히려 내밀한 일상적 가족의 정경을 그린 것처럼 느끼게 한다. 1642년, 사스키아의 사후(死後) 헨드리키에가 램브란트가(家)에 들어와 자리잡는 40년대 말까지, 램브란트는 가정적으로 매우 불우했다. 그 까닭에 그는 한층 더 가정적인 행복이라는 테마에 이끌렸던 것이다. 책을 읽다 말고 잠시 모친은 자애로운 눈길을 갓난아기에게 돌리고, 뒤켠에서는 요셉이 목수일을 하고 있다. 그리고 왼쪽 위로부터 천사가 날아내려오고 있음으로 해서 이 일가가 성가족(聖家族)임을 나타내고 있다. 어린 그리스도의 오른팔, 성모의 책과 얼굴, 내려오는 천사들에게 비쳐진 광선 효과의 연결은 괄목할 만하다.

　1645년 캔버스 油彩 117×91cm
　레닌그라드 에르미타쥬 미술관 소장

　한 마디로 램브란트의 작품치고는 예외적으로 청순 담백한 그림이다. 두 팔굽을 창가에 기댄 채 약간 경계하는 듯 수줍어하는 눈매로 이쪽을 바라보는 소녀의 모습. 이 그림의 테마로 보아 17세기 네덜란드에서 비상하게 성행한 풍속화(風俗画), 즉 일상적인 생활 정경을 화폭 속에 담는 풍속화의 카테고리에 들지도 모른다. 그러나, 이 그림은 정경 설정의 일상성보다는 모델(모델을 헨드리키에라고 주장하는 사람도 있으나, 이는 성립되지 않는다.)을 바라보는 화가의 날카롭고도 정감어린 눈이며, 램브란트는 이 그림을 하나의 초상화로 승화시키고 있다. 이 그림은 기묘하게도 18세기의 화사한 로코코풍의 화가들 사이에서도 높이 평가되었으며, 이 또한 램브란트의 작품 가운데서는 예외적인 경우이다.

　1645년 캔버스 油彩 77.5×62.5cm
　런던 덜리치 대학 미술관 소장

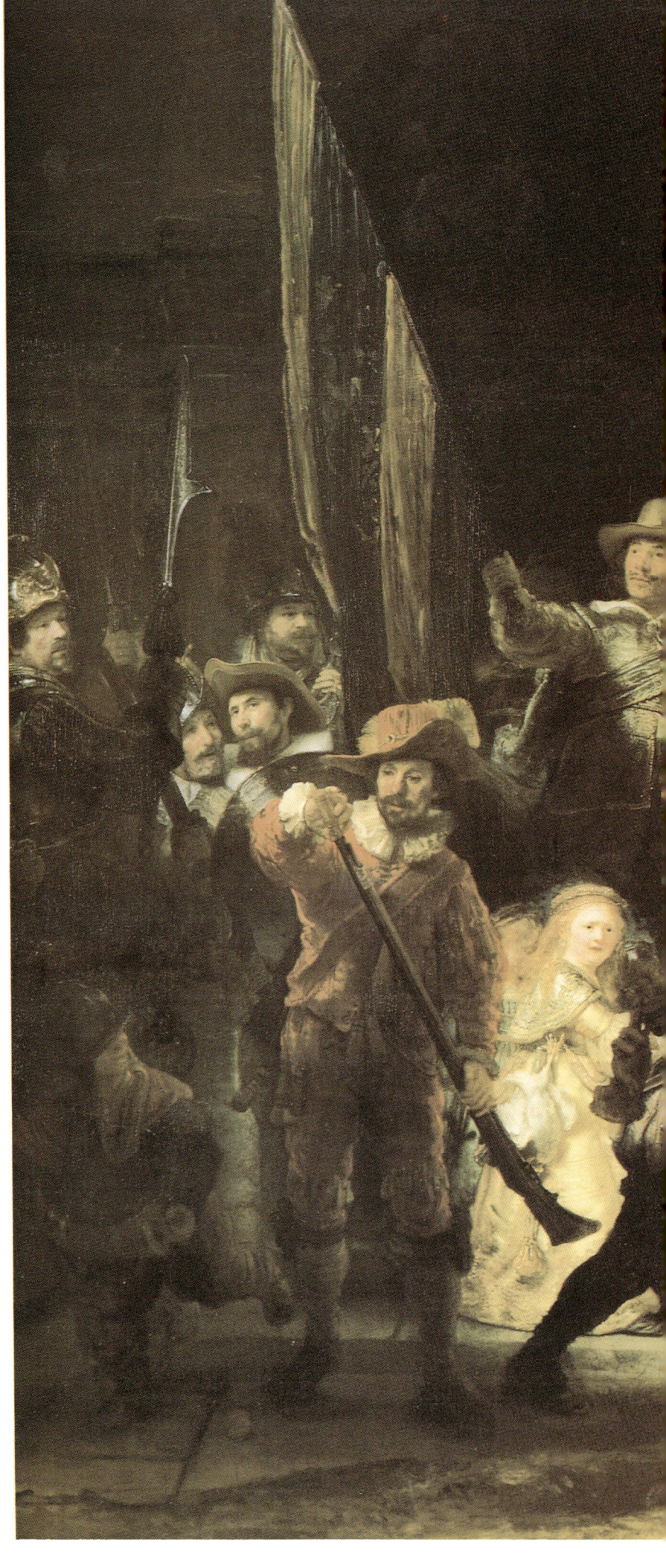

야경
THE NIGHT WATCH

램브란트의 작품 중에서도 가장 많은
일화가 얽힌 그림이다. 지난 1975년에는
어떤 괴한에 의해 작품이 갈기갈기
찢기기까지도 했다. 그러나, 보다 중요한
문제는, 이 작품이 램브란트의 예술적
전개의 과정에서 어떠한 의미를 지니고
있느냐에 있다. 이에 관해서는 당시의 한
증언을 듣기로 한다. 「사람들은 이 대작이
개개인을 모델로 한 집단 초상화라기보다는
램브란트 자신의 의도에 따른 것이라는
비난을 할 수 있겠으나, 발상에 있어서는
매우 회화적이며, 구도는 정묘하고 힘차
당대의 모든 작품을 능가하고 있다.」
바야흐로 출동 준비를 서두르고 있는
시(市)경비대원의 분주한 순간을 포착한
이 그림은 강한 명암의 대비, 활기에 찬
움직임으로 바로크적 경향의 작품이라고 할
수 있으나, 동시에 고전적 경향에로의
전환도 아울러 보여주고 있다.

1642년 캔버스 油彩 359×438cm
암스테르담 국립 미술관 소장

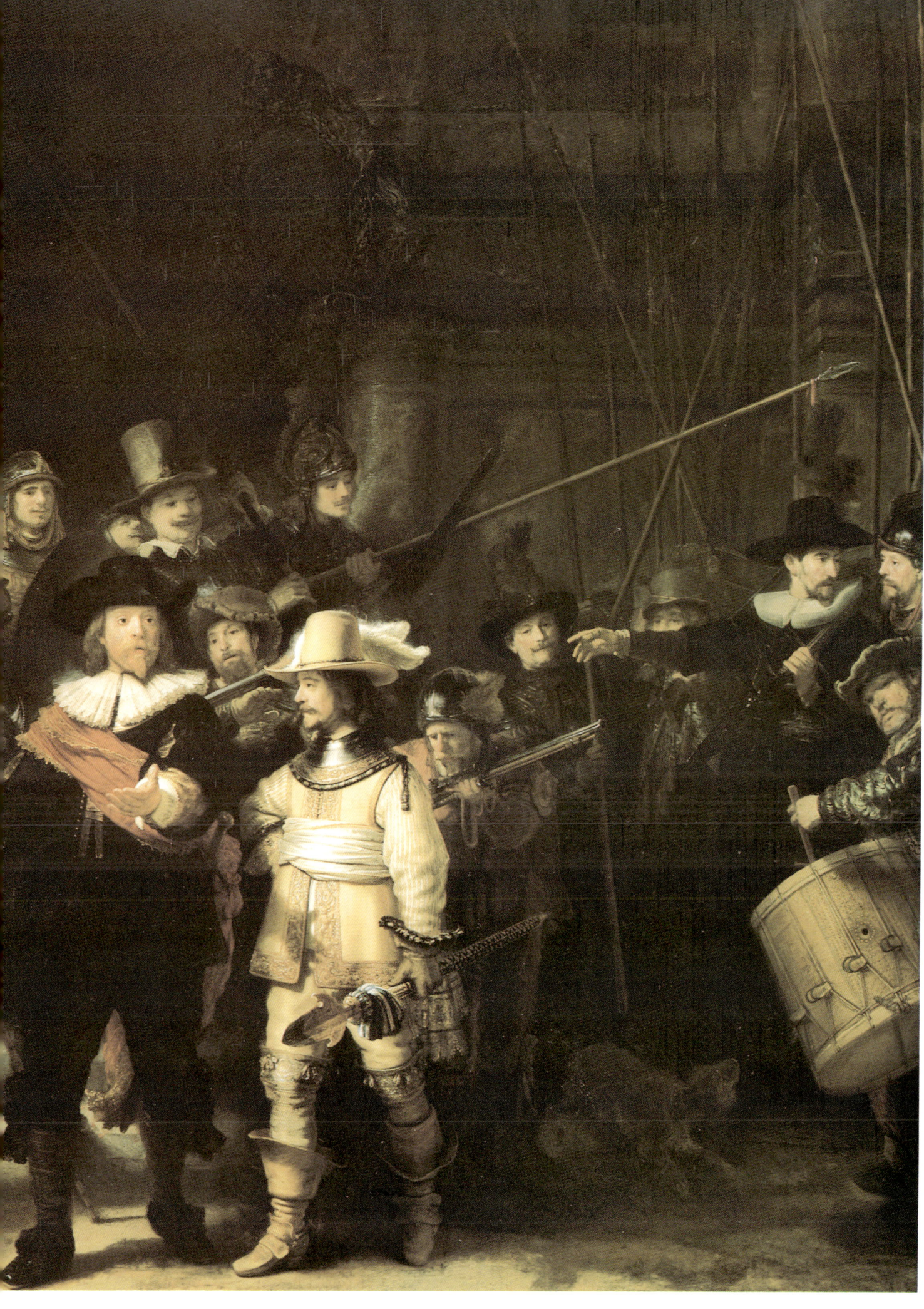

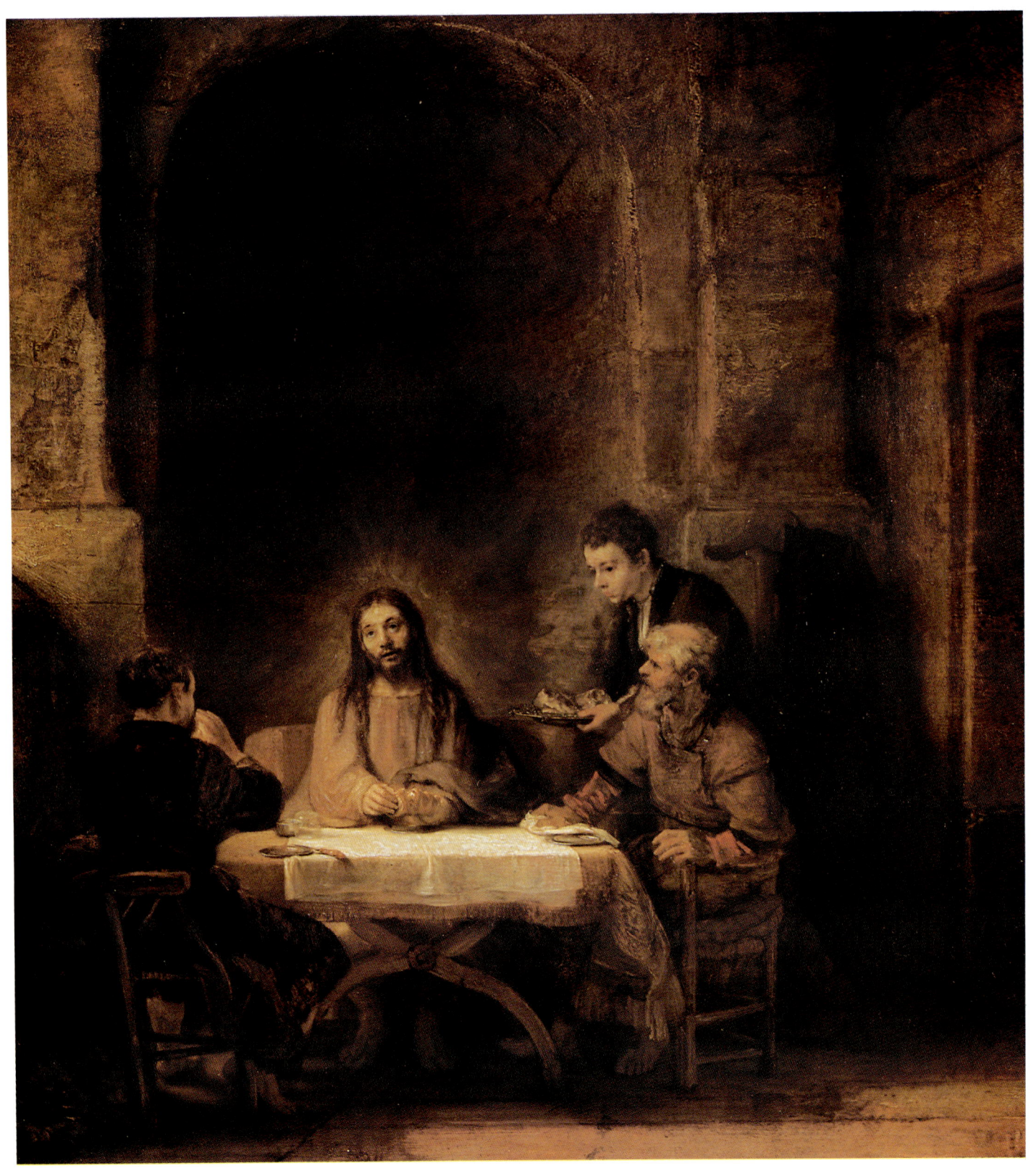

에마오의 그리스도
THE RISEN CHRIST AT EMMAUS

같은 주제의 작품으로서, 1630년경의
라이덴 시대의 작품과 이 작품, 2 점이
있다. 그리고, 이 두 작품의 차이가 바로
그간의 렘브란트 예술의 변화를 일목 요연하게
보여준다. 라이덴 시대의 극적인
구도(構図)와 자세(姿勢) 및
명암법(明暗法)은 사라지고, 차분히
가라앉은 색채와 안정된 구도로 변했는데,

은밀하면서도 위엄에 찬 이 작품이 바로
그것을 말해준다. 그리스도는 화면 약간
왼쪽에 정면으로 앉아 바야흐로 빵을
쪼개려고 하고 있다. 그 그리스도의 모습은
탁자 위의 흰 식탁보, 자신의 후광(後光),
그리고 뒤의 벽면의 어두움으로 한층
부각되고 있으며, 여기에서 보여지고 있는
그리스도의 모습은 라이덴 시대의
작품에서와는 달리 숭고하고 자애에 찬
그리스도이다. 렘브란트의 종교화
(宗教画)의 일대 전환을 가져온 한 작품이

아닐는지….

1648년 板 油彩 68×65cm
파리 루브르 미술관 소장

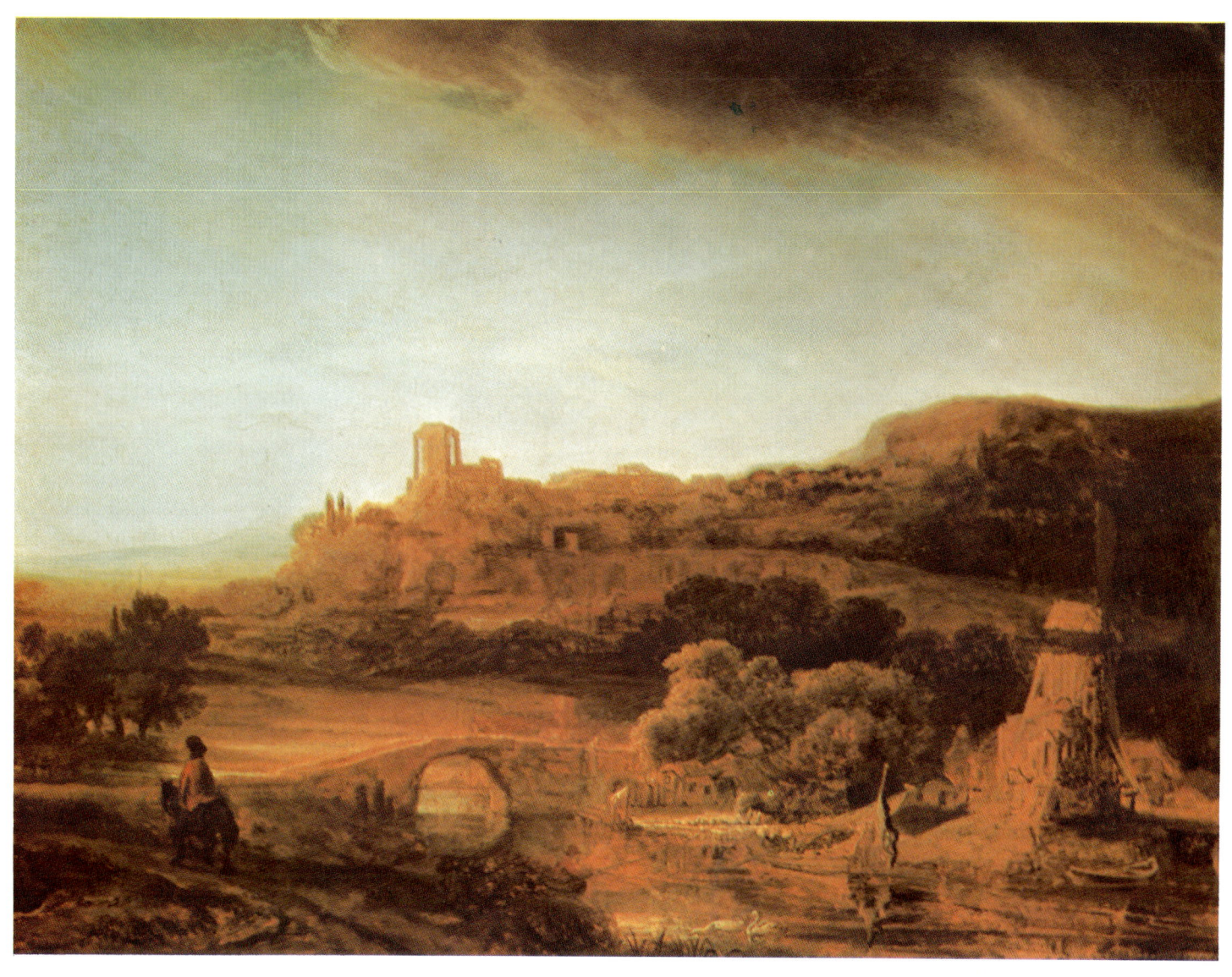

폐허가 있는 江 풍경
RIVER LANDSCAPE WITH RUINS

이 작품은 렘브란트의 풍경화 중에서도 후기에 속하는 것이다.
그리고, 초기의 풍경화가 상상적 풍경화이자 바로크적인 성향이
매우 강했다고 한다면, 보다 실경(實景)에 접한 보다 현실감이 강하게
나타나는 것이 이 후기의 풍경화이다. 렘브란트는 40년대 초기부터
소묘, 에칭을 통해 자연 실사(實寫)를 매우 활발하게 시도하였다.
따라서 후기의 유채 풍경화는 그와 같은 실경사생(實景寫生)을
바탕으로 한 작품들이다. 이 작품에서도 아직까지 상상적인 요소가
남아 있다고는 하나, 풍경 구석구석에서 자연에 밀착(密着)된 보다
높은 현실감이 감지된다. 이 그림은 초기의 극적이고 바로크적인
풍경화에서 차츰 자연을 있는 그대로 관조(觀照)하고, 나아가서 인간
생활을 포함한 보다 보편적인 자연의 표현에로의 전환을 보여주는
풍경화이다.

1650년경 板 油彩 67×87.5cm
카셀 국립 미술관 소장

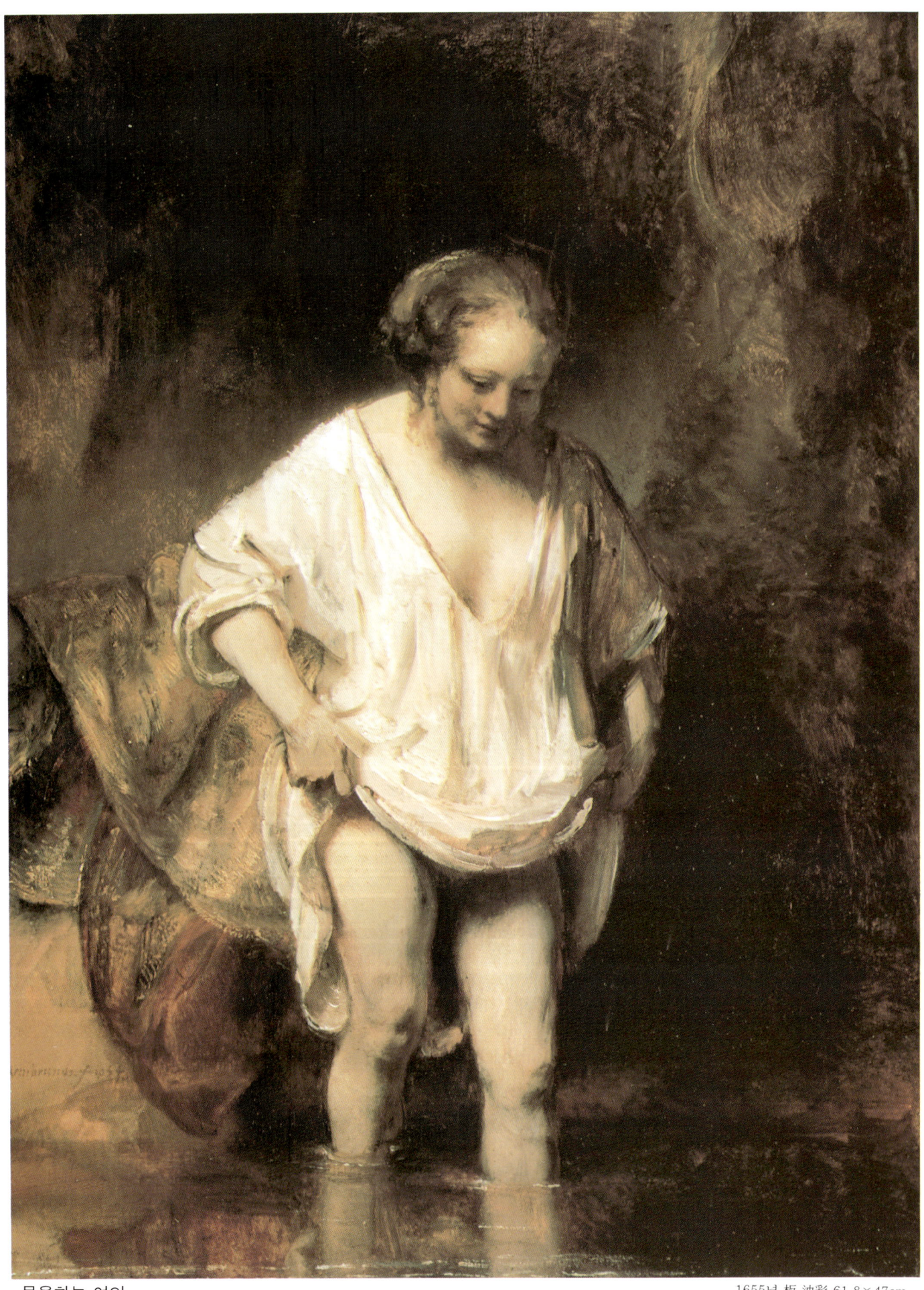

목욕하는 여인
A YOUNG WOMAN BATHING

1655년 板 油彩 61.8×47cm
런던 국립 미술관 소장

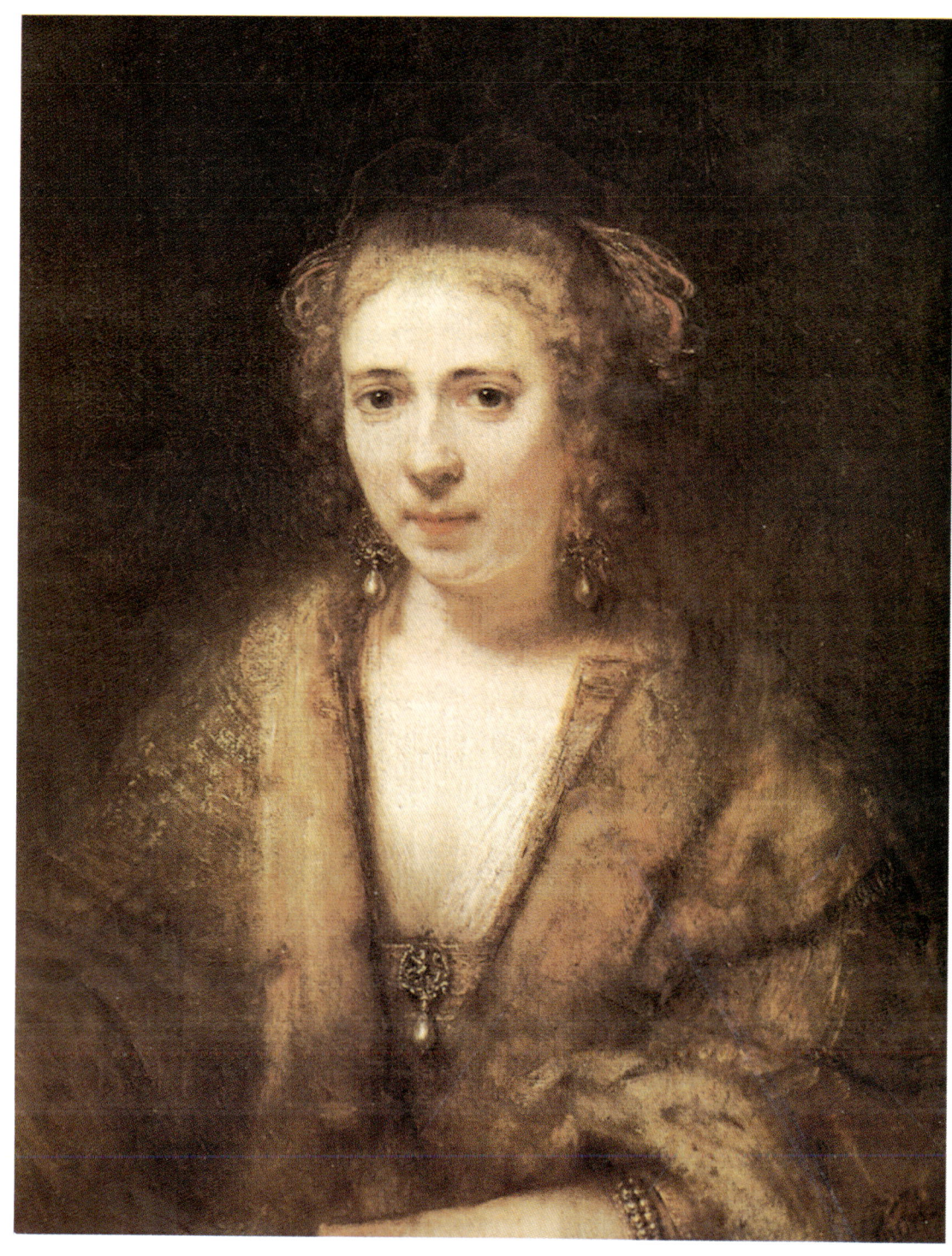

헨드리키에 스토펠스
HENDRICKJE STOFFELS

렘브란트의 아내 사스키아는 아들 티투스를 낳은 후 1642년, 30세의 젊은 나이로 사망한다. 그 후 두 여성이 티투스의 보모이자 가정부로 렘브란트의 생활에 등장하며, 헨드리키에는 그 두번째의 여성이다. 그녀가 언제부터 렘브란트의 가정에 들어섰는지는 분명치 않으나, 1654년 그녀는 렘브란트와의 사이에 생긴 딸 코르넬리아를 낳는다. 그 후 그녀는 티투스를 키우고, 경제적인 곤경에 빠진

렘브란트를 도우며, 때로는 모델이 되기도 하면서, 50년대 이후의 렘브란트에게는 없어서는 안 될 여성이 되었다. 헨드리키에의 초상화로 확인된 작품은 한 점도 없으나, 50년대의 작품 중, 적어도 10여 점이 헨드리키에를 모델로 한 작품으로 간주되고 있다. 이 초상화는 사스키아의 초상화에서 볼 수 있는 그대로의 모습으로 그려져 있다.

1654년경 캔버스 油彩 72×60cm
파리 루브르 미술관 소장

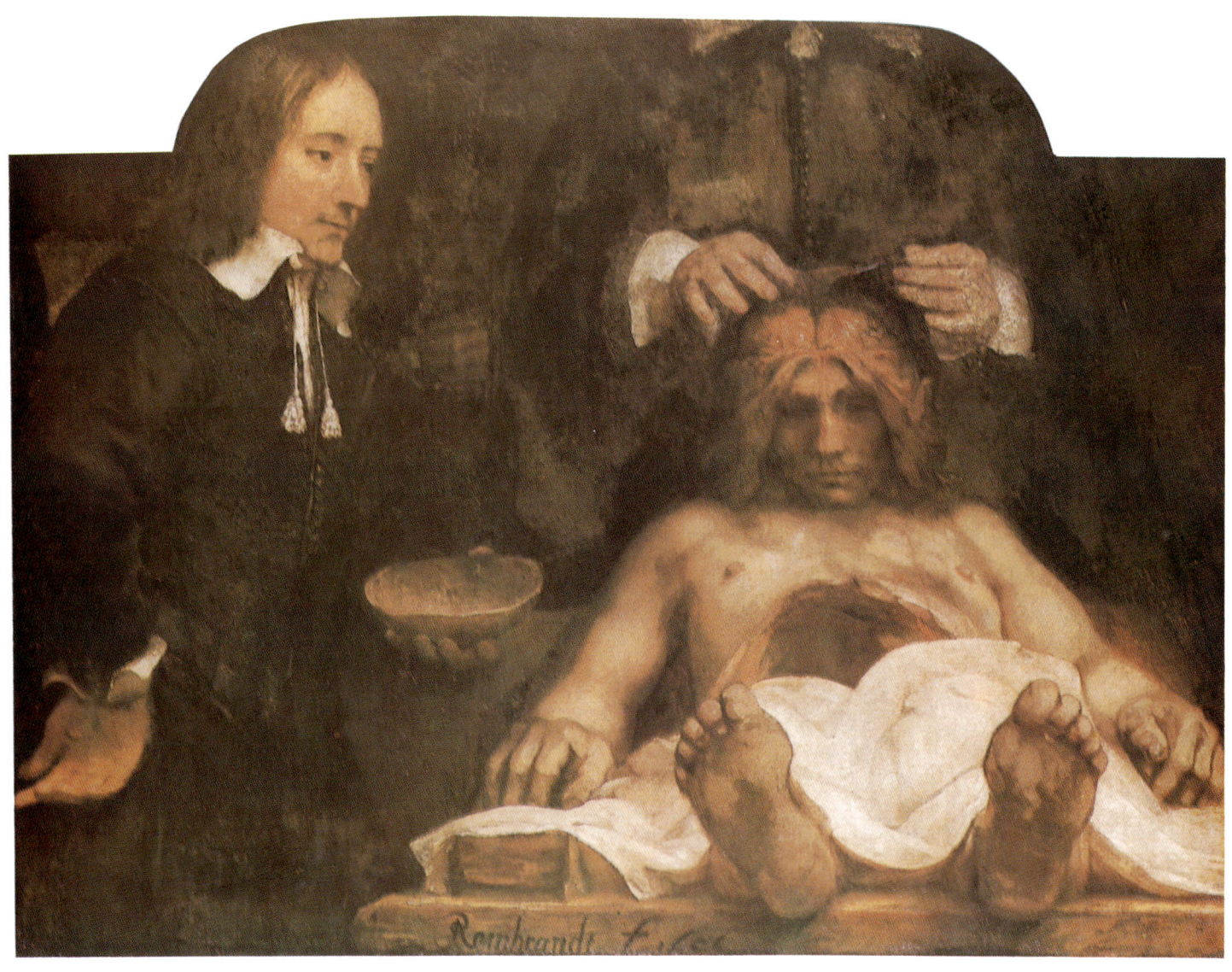

데이만 박사의 해부학 강의
THE ANATOMY LESSON OF DOCTOR JOAN DEYMAN

램브란트의 출세작이랄 수도 있는 〈툴프 박사의 해부학 강의〉
이후 거의 25 년 만에 그는 다시 같은 주제의 작품을 다루고 있다.
25 년이라면 4반세기를 의미한다. 따라서 이 작품은 아마도 그 동안의
램브란트의 화력(畫力)에 있어서의 여러 가지 변화를 가늠할 수 있는
안성마춤의 작품이라 할 수 있을 것이다. 그러나 이 작품 역시 원화의
3분의 1밖에 남아 있지 않은 화를 입은 그림이다. 이 작품을 위한
여러 가지 소묘로 미루어 보건대, 우선 눈에 띄는 것이 좌우대칭
(左右對稱) 구도이고 또, 특히 해부되는 시체의 대담한 단축법
(短縮法) 처리이다. 〈툴프 박사〉의 경우, 시체는 대각선으로,
다시 말해서 모로 누워 있는데 반해, 이 그림에서는 시체의 머리와
발이 한 시각(視角) 속에 단축되어 표현되고 있는 것이다. 이탈리아의
투시법(透視法) 기법의 의식적 도입이라고 할까.

1656년 캔버스 油彩 100×134cm
암스테르담 국립 미술관 소장

도살된 소
THE SLAUGHTERED OX

램브란트가 이 그림을 통해 무엇을
나타내려고 했는가에 대해서는 전혀
알려진 바가 없다. 어쨌든 이 작품은 당시의
사람들에게는 결코 아름다운 그림으로
받아들여지지 않은 것만은 사실이다.
그러나 얼마 가지 않아 들라크로아가 이
그림을 모사(模写)했고, 도미에는 이에
자극받아 〈푸줏간〉 연작을 제작했다. 그들은
이 작품을 낭만주의적 사실주의의 핵(核)으로
받아들였던 것이다. 또 수틴도 이
작례(作例)에 자극받아 〈도살된 소〉의
연작을 제작했으며, 그에게 있어 그것은
표현주의적 작품의 하나로 간주되었다.
이처럼 이 작품은 그 추한 테마에도
불구하고 그 힘찬 필촉에 의한 색채와
리얼한 표현이 후대의 몇몇 화가를
사로잡은 것이다. 한 마디로 이 그림은
램브란트의 리얼리티의 탐구와 회화적 및
색채적 표현에 있어서의 무한한 가능성을
보여주는 작품이다.

1655년 板 油彩 94×67cm
파리 루브르 미술관 소장

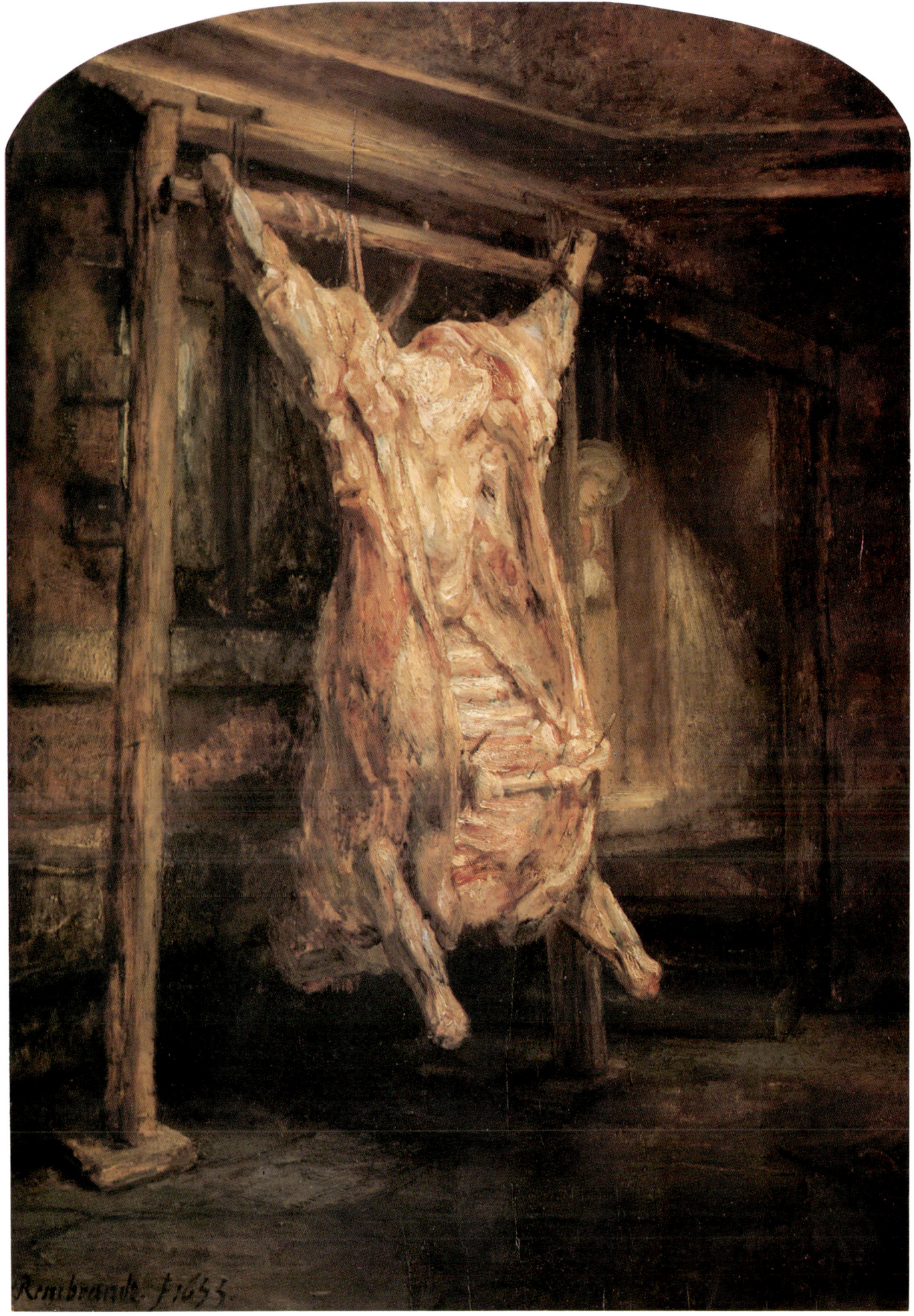

Rembrandt. f1655.

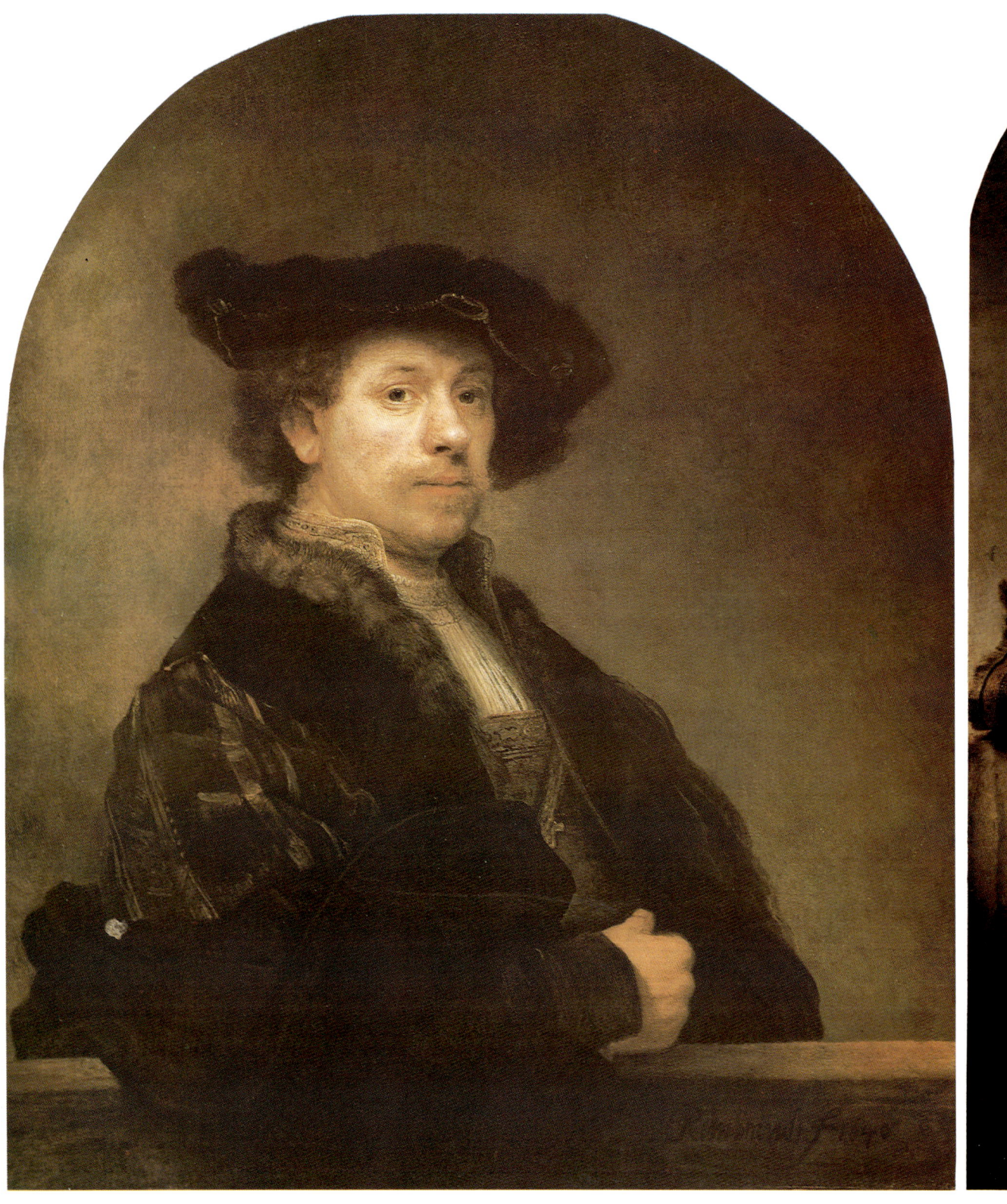

自画像
SELF PORTRAIT

램브란트 34세 때의 초상화이다. 이탈리아
풍의 호화로운 옷을 걸치고 베레모를 쓰고
의연히 앉아 있는 모습은, 세속적인 성공을
거둔 화가의 자신감 넘치는 모습으로도
보인다. 그러나 화풍으로 보아 이 작품의
중요성은 그것이 램브란트의 이탈리아 회화에
대한 관심을 보여주고 있다는 데 있다.
램브란트는 평생 동안 이탈리아의 땅을 밟지

않았다. 그 이유는 네덜란드에서도 이탈리아
회화에 접할 수 있다는 이유에서이다.
그리고 이 자화상이 바로 네덜란드에서 본
이탈리아의 두 거장, 라파엘로와
티지아노의 작품에서 촉발되어 그려진
작품이다. 사실 램브란트는 40년대에
들어서면서 바로크에서 탈피하여 고전적
세계에로의 전환의 징후를 보이며, 그
경향이 이 작품에서도 눈에 뜨인다. 그러나
그는 고전을 본뜨면서도 자기 자신의
표현에 귀착하고 있다.

1640년 캔버스 油彩 102×80cm
런던 국립 갤러리 소장

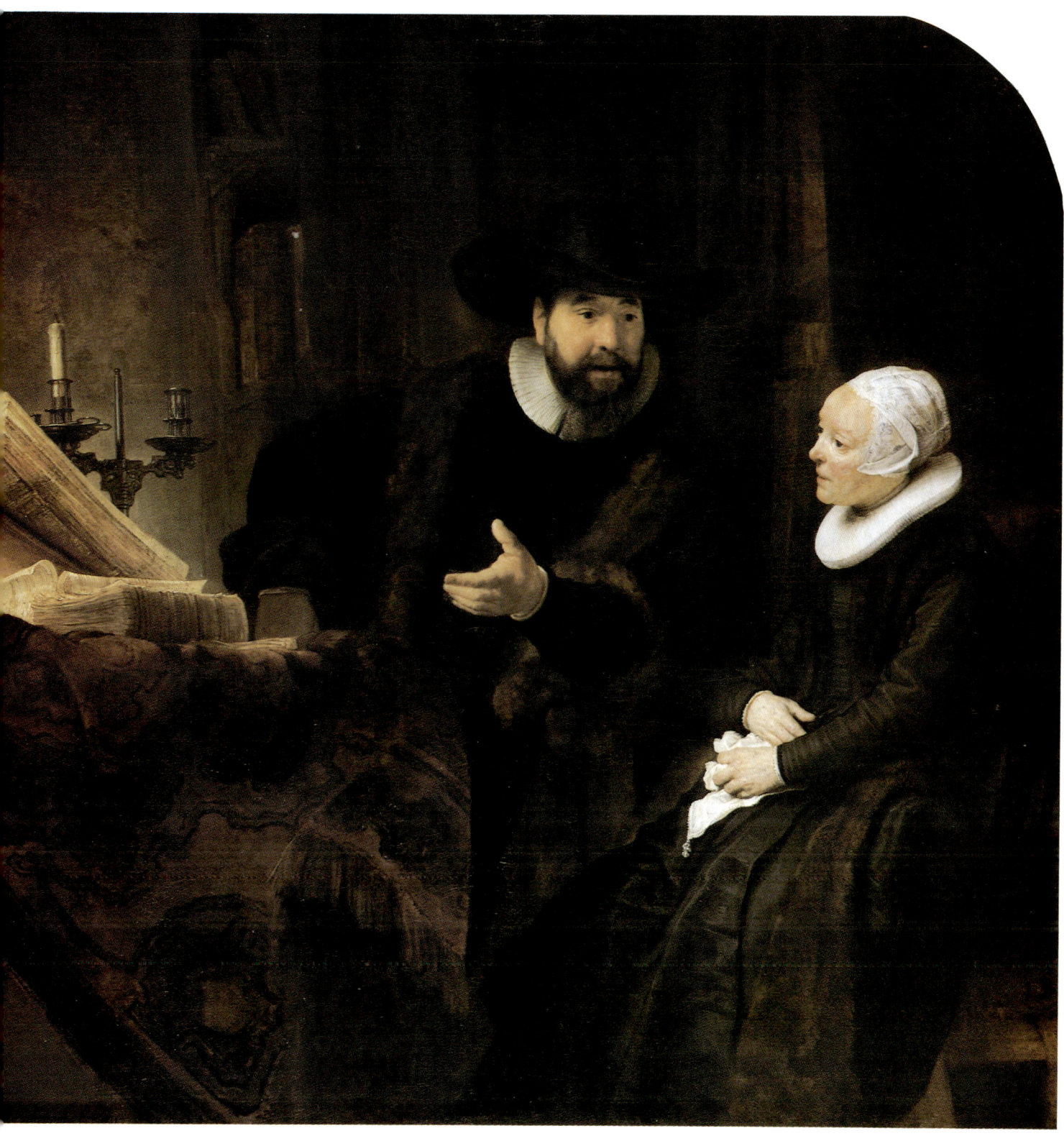

안슬로 夫妻
THE MENNONITE MINISTER CORNELIS CLAESZ. ANSLO IN CONVERSATION WITH HIS WIFE

〈툴프 박사의 해부학 강의〉는 대단한 성공을 거두고, 그후 연이어 수많은 초상화의 주문이 뒤따른다. 그 주문자 중에는 학자, 성직자, 의사, 거상(巨商) 등이 끼어 있었다. 성직자 안슬로도 그 중의 한 사람이었다. 렘브란트는 이 작품에서도 비록

집단(集団)이라고는 할 수 없으나 부부를 같이 다룬 2인상(人像)을 그려내고 있다. 이 2인상은 이미 〈토론하는 두 철학자〉, 〈철학자와 그의 아내〉(1633) 등에서도 다루어진 것이기는 하나, 화풍과 양식(様式)에 있어서의 커다란 차이가 보여진다. 여기에서는 극적인 제스처는 자취를 감추고 있으며, 당당한 품격의 안슬로와 고즈넉한 아내의 자태는 오히려 렘브란트의 시대, 즉 17세기 네덜란드의 풍성하고 아늑한 부르조아적

실내화(室內画)를 연상케 한다.

1641년 캔버스 油彩 176×210cm
西베를린 국립 미술관 회화관 소장

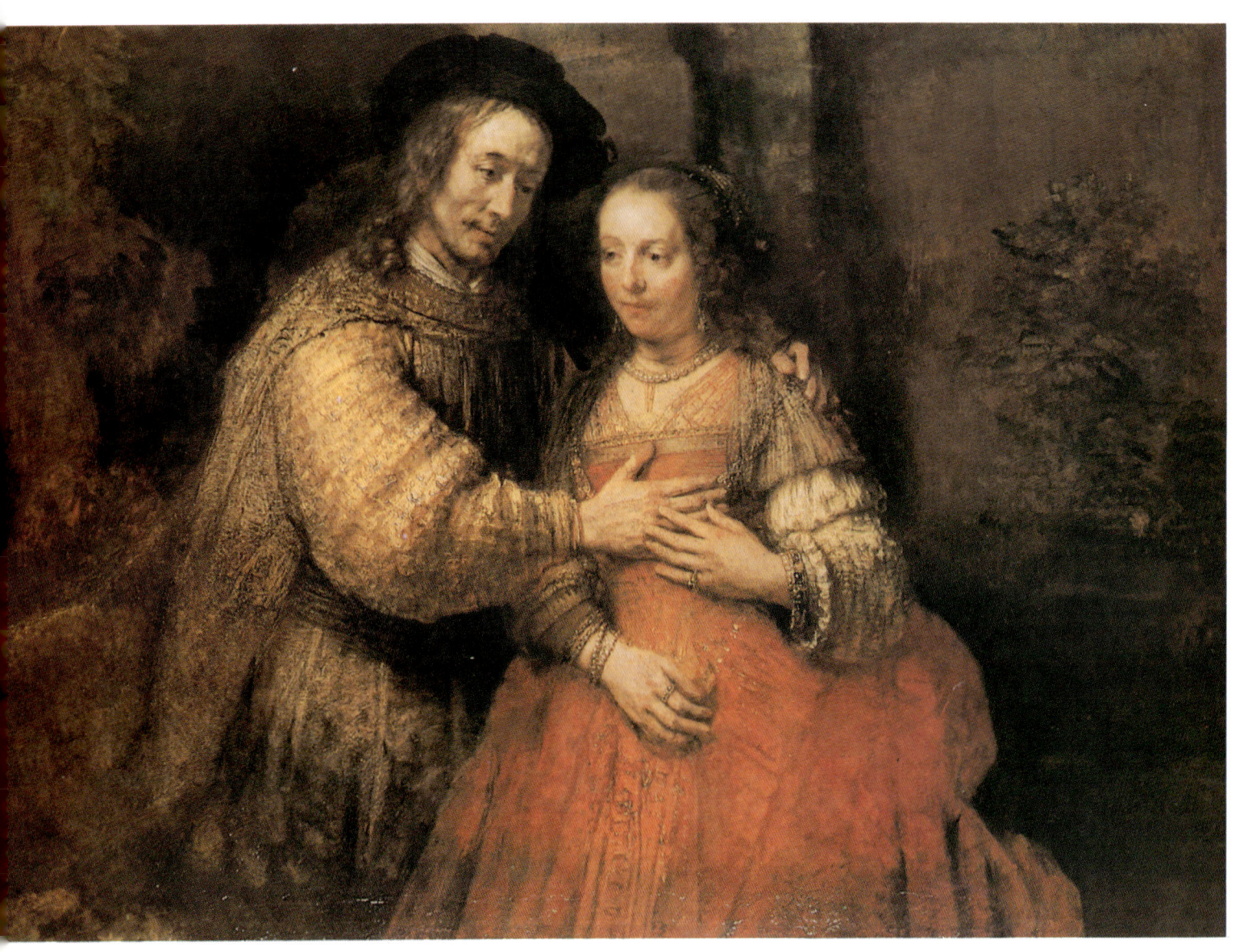

유태인의 신부
THE JEWISH BRIDE

이 작품은 램브란트의 후기 작품 중에서도 많이 알려진 작품이다.
그러나 애초에 이 그림의 제목이 〈유태인의 신부〉이었느냐에 대해서는
이론이 많다. 이 일반화된 제목의 유래는 「유태인의 신부이다. 그녀의
부친이 딸에게 목걸이를 걸어주고 있다.」라는 해석에 의한 것이다.
물론 여기에 성서(聖書)의 이야기가 깔려 있을 수는 있으나, 언제나처럼
그 이야기가 서술적으로 그려지고 있지는 않다. 여러모로 보아 이
작품은 실제 인물을 모델로 하고 있는 것으로 보인다. 그러나, 그것이야
어떻든 화면 전체에 풍기는 엄숙함, 즉 인간 본연의 사랑의 엄숙함이
배어 있으며, 이를테면 성서(聖書) 속의 이야기에 등장하는 인물과
실제의 인물과의 통합이라는 문제를, 이 작품은 어떻게 생각하면
종교적인 차원에서 해결했다고 할 수 있을 것이다.

1665년경 캔버스 油彩 121.5×166.5cm
암스테르담 국립 미술관 소장

十戒의 석판을 깨는 모세
MOSES WITH THE TABLE OF THE LAW
1659년 캔버스 油彩 168.5×136.5cm
西베르린 국립 미술관 소장

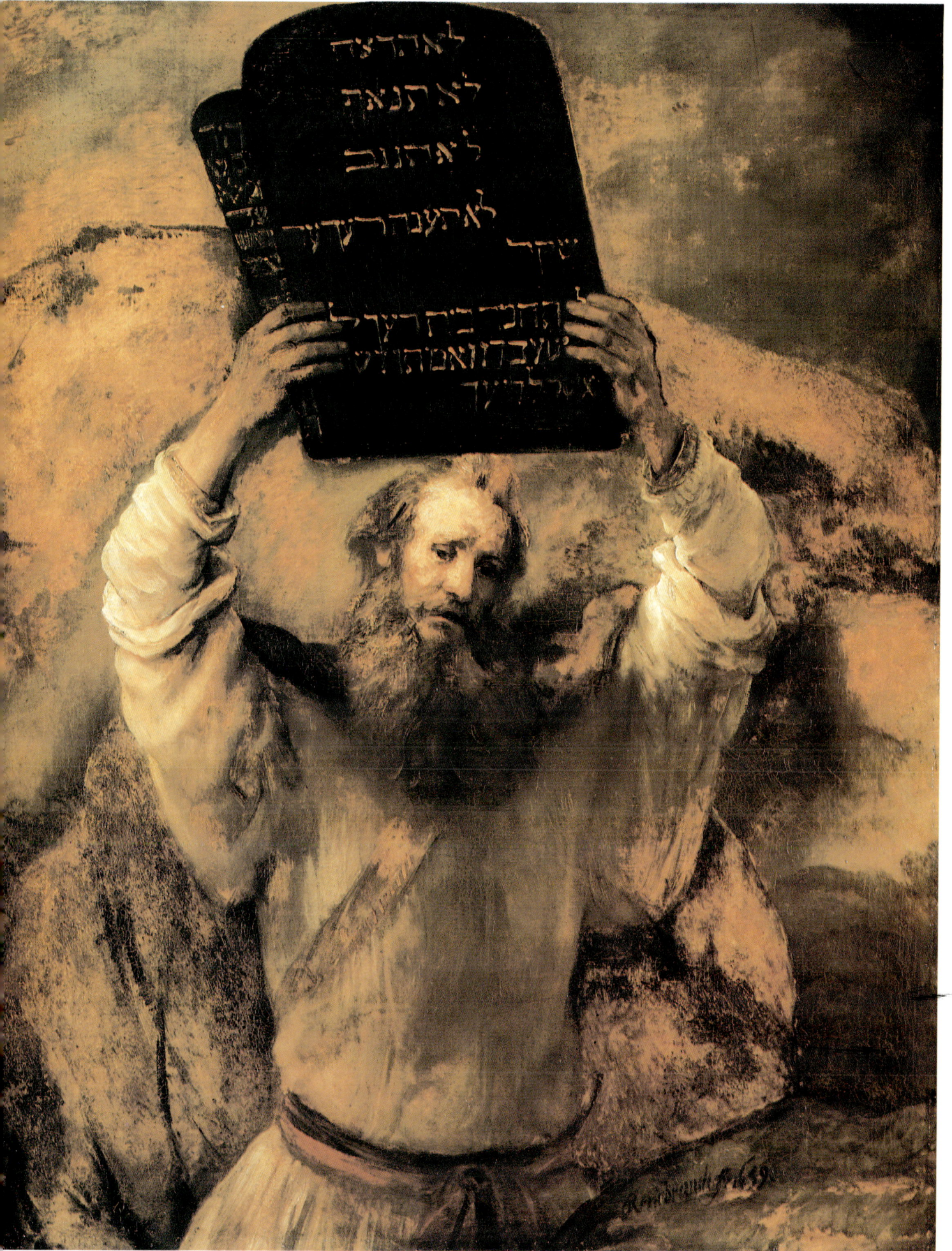

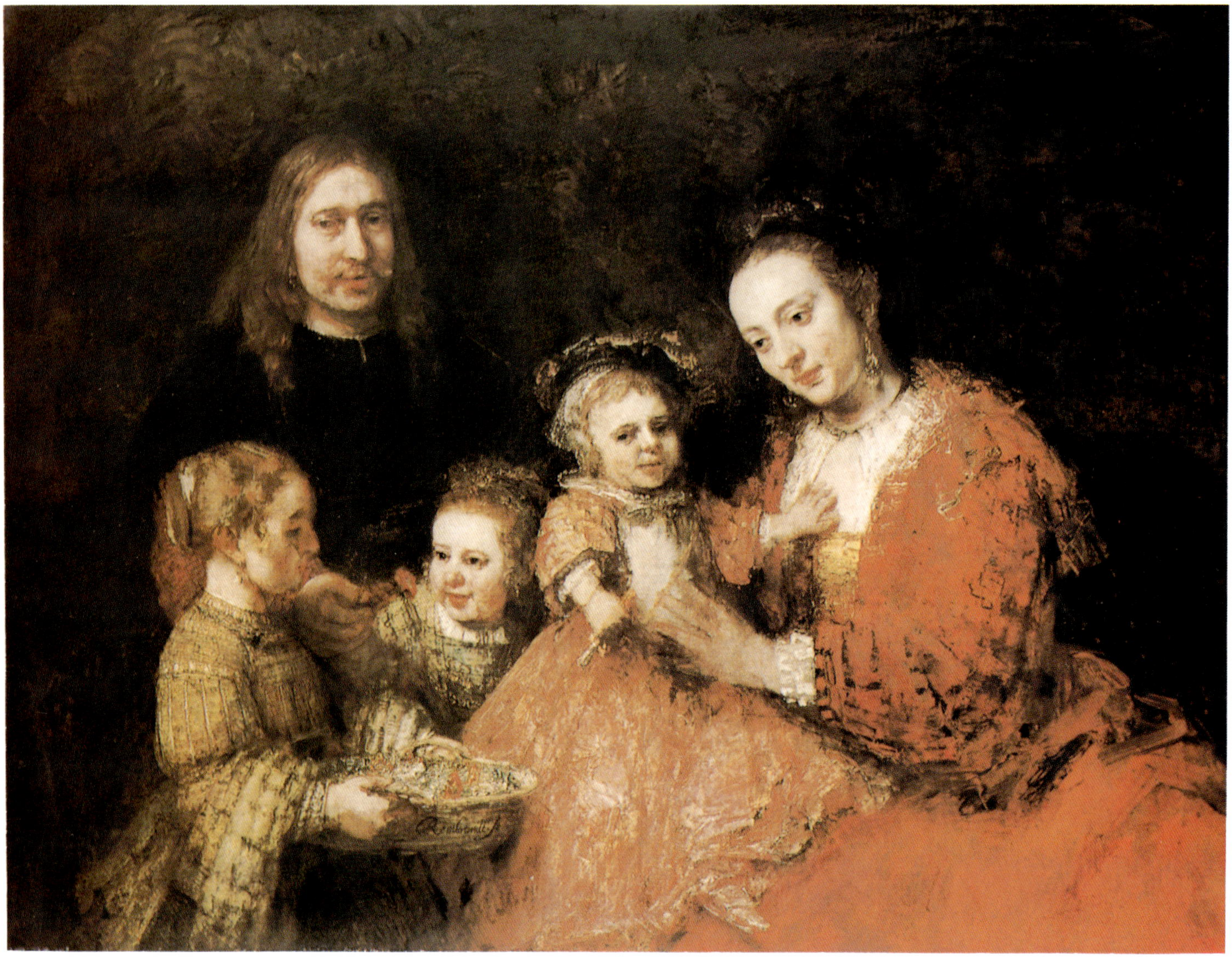

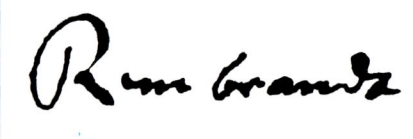

어느 가족
A FAMILY GROUP

여기에 그려진 가족이 어느 가족인지는 분명치가 않다. 이 작품은 일반적으로 램브란트의 최만년(最晩年)의 것으로 추정되고 있어, 그것이 사실이라면 이 그림에 등장하는 인물의 면모에도 해석이 구구할 수밖에 없다. 굳이 인물을 식별하자면 오른쪽의 모친은 티투스의 미망인과 그와의 사이에 태어난 딸, 왼쪽의 꽃바구니를 든 어린 소녀는 코르넬리아, 기타 인물들은 램브란트 일가(一家)라는 것이 통설이다. 그러나 그 테마보다도 여기에서 돋보이는 것은 무엇보다도 색채가로서의 램브란트의 진면목(眞面目)이 나타나고 있다는 데 있다. 큼직한 터치로 겹쳐지는 색조의 층은 그 층을 겹할수록 광회를 발하며, 그것이 엮어내는 미묘한 음영의 대비는 램브란트가 명암의 대비에서, 그것이 주는 정신적 또는 회화적 드라마를 거쳐 이제 색채의 조화라는 완숙의 경지에 도달했음을 보여주고 있다.

1668~9년경 캔버스 油彩 126×167cm
브라운쉬바이크 안톤 울리히侯 미술관 소장

램브란트의 생애와 작품 세계

靈的 세계를 表出

I

17 세기 초(1609), 네덜란드는 카톨릭의 종주국(宗主國)으로 자처하여 온 스페인의 통치에서 벗어나 자유(自由)를 찾는다. 그것은 곧 칼빈주의(主義)를 국교(國敎)로 삼는 새로운 네덜란드의 탄생(誕生)을 의미(意味)한다.

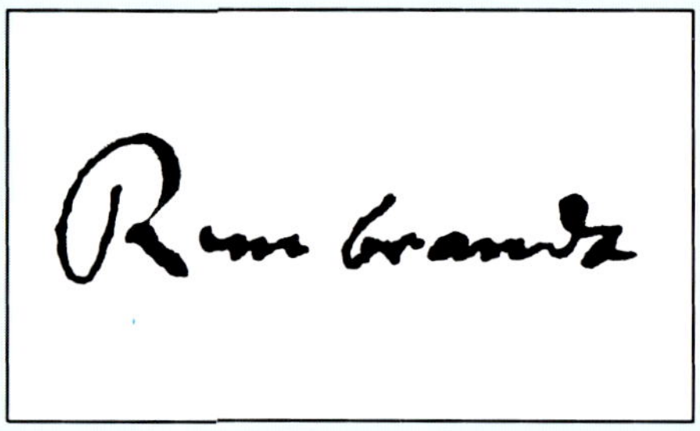

그리고 이 신생국(新生國)은 동시에 막강한 해외 무역 국가(海外貿易國家)로 성장하며, 부유(富有)한 부르조아지 문화(文化)를 꽃피우게 되는 것이다. 그리하여 미술(美術)에 대한 수요(需要)도 높아 가고 그 쟝르는 초상화(肖像画), 풍경화(風景画), 풍속화(風俗画), 정물화(静物画), 종교화(宗敎画) 등 광범위에 걸친 것이었다.

또 바로 그 때문에 각 분야(分野)에서의 뛰어난 화가들이 배출(輩出)되었고, 네덜란드는 17 세기와 함께 「황금 시대(黃金時代)」를 구가(謳歌)하게 되는 것이다.

그러나 램브란트의 경우는 다르다. 왜냐하면 그는 어떤 특정된 시대(時代)의,

* 램브란트 사인

호메로스
HOMER DICTATING TO A SCORIBE

램브란트는 1650년대와 60년대 초에
걸쳐 고대의 인물을 다룬 3점의 작품을
그리고 있다. 호메로스, 알렉산더 대왕,
아리스토텔레스의 세 인물을 다룬 것이다.
그 중의 하나인 이 작품은 원래〈두 제자를
가르치고 있는 호메로스〉를 테마로 한
것이나, 화재로 인한 작품의 파손으로
나머지 부분이 잘라져 나가 오늘의
단신상(單身像)으로 남았다. 여기에
그려진 호메로스는 장님의 호메로스이다.
램브란트는 이 장님의 테마를 즐겨 다룬
화가이다. 거기에는 여러 가지 해석이 있을
수 있겠으나, 그것은 외적 세계보다도
내면적 세계의 광휘를 바라보는, 보다 깊이
있는 정신 세계에의 눈뜸을 의미하는
것이라 생각해도 좋을 것이다. 그러한
의미로 볼 때, 이 호메로스는 바로
램브란트 자신의, 모습을 바꾼
자화상이라고 할 수 있을 것이다.

1663년 캔버스 油彩 108×82.4cm
덴 하그 마우리츠하이스 미술관 소장

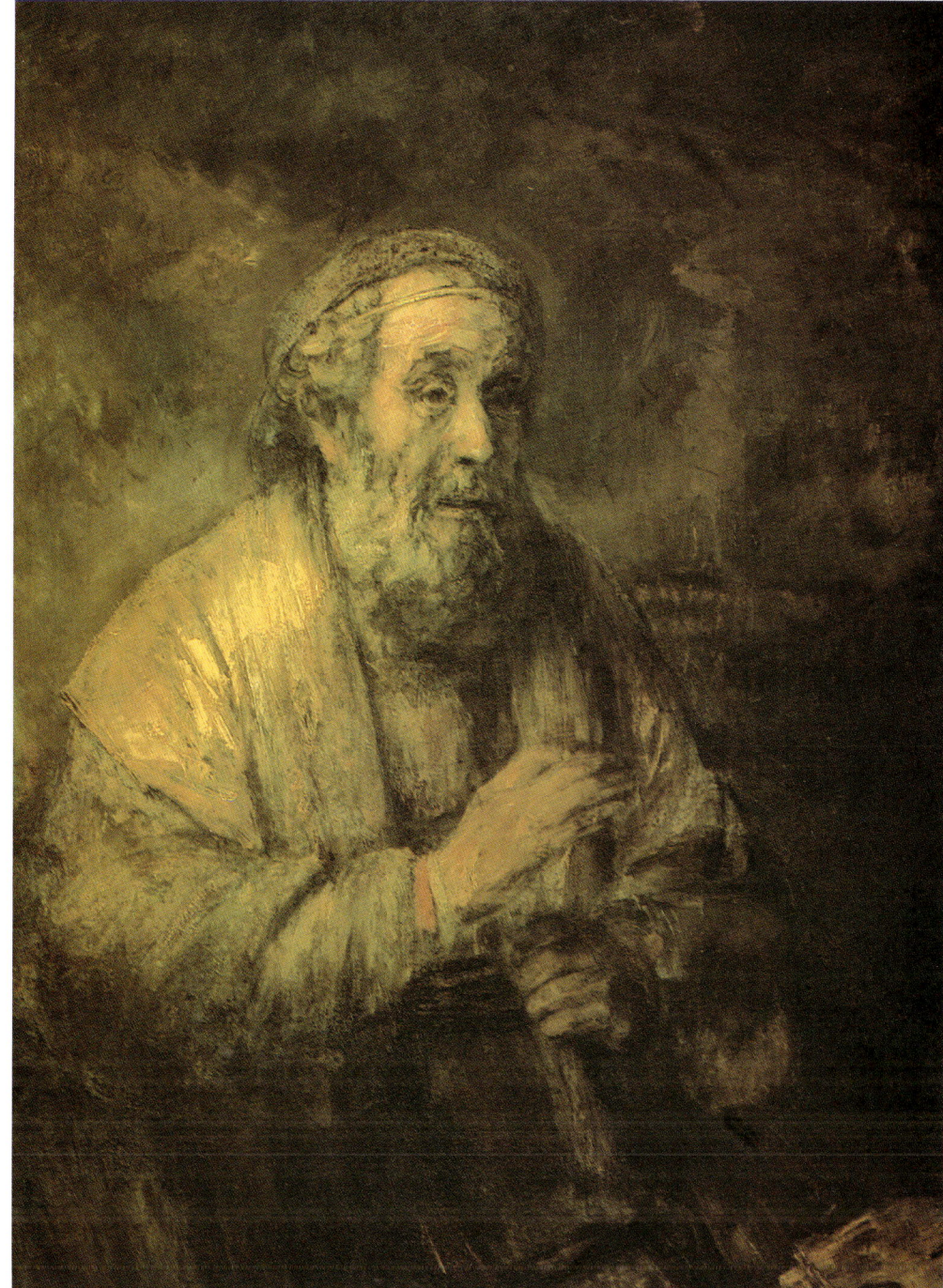

또 어떤 특정 지역(特定地域) 또는 어떤
특정 쟝르의 예술가(藝術家)로 그치지 않
고 「그 너머」에 있는 예술가이기 때문이
다. 그는, 앙드레 말로의 표현(表現)을
빌리자면 「형상(形象)의 이상화(理想化)
또는 그 외적(外的) 표현이 아니라 영혼
의 세계를 계시(啓示)해 준 예술가」인 것
이다.

그리고 램브란트는 네덜란드 독립(独立)
후(後)의 제 2 세대에 속하는 화가이다.
제 1 세대의 작가(作家)로서 들 수 있는
대표적인 화가로서는 아마도 프란츠 할
스의 이름을 들 수 있을 것이다. 할스는

초상화에 있어서 매우 개방적(開放的)인
솔직성(率直性)을 보였고, 또 그것이 당
시의 네덜란드 시민(市民)의 모습이었다.
그러나 제 2 세대에 있어서는 전 세대의
개방성과는 다른 전혀 새로운 문제에 관
심을 쏟기 시작했다.

II

램브란트는 비교적 부유한 제분업자(製
粉業者)의 6남(男)으로 라이덴에서 태어
났다. 그는 그의 많은 형제들과는 달리
일찍부터 고전 교육(古典教育)을 받았으

며, 그것이 도상적(図像的)인 램브란트
세계의 풍부함을 뒷받침했다고 할 수 있
을 것이다.

그는 라이덴에서 지방 화가(地方画家)
의 아틀리에에서 수업(受業)했으나 거기
서 얻은 것은 별로 없어 보인다. 그러나
1625년부터 그는 라이덴에서 독자적(獨
自的)인 제작 활동(制作活動)을 벌이며
이 기간 동안 그는 초상 화가로서의 평
판을 얻기에 이른다. 그리고 그 평판이
계기가 되어 암스테르담의 외과 의사 조
합(外科醫師組合)으로부터 집단 초상화
제작의 주문을 받는다. 즉 그 주문화가

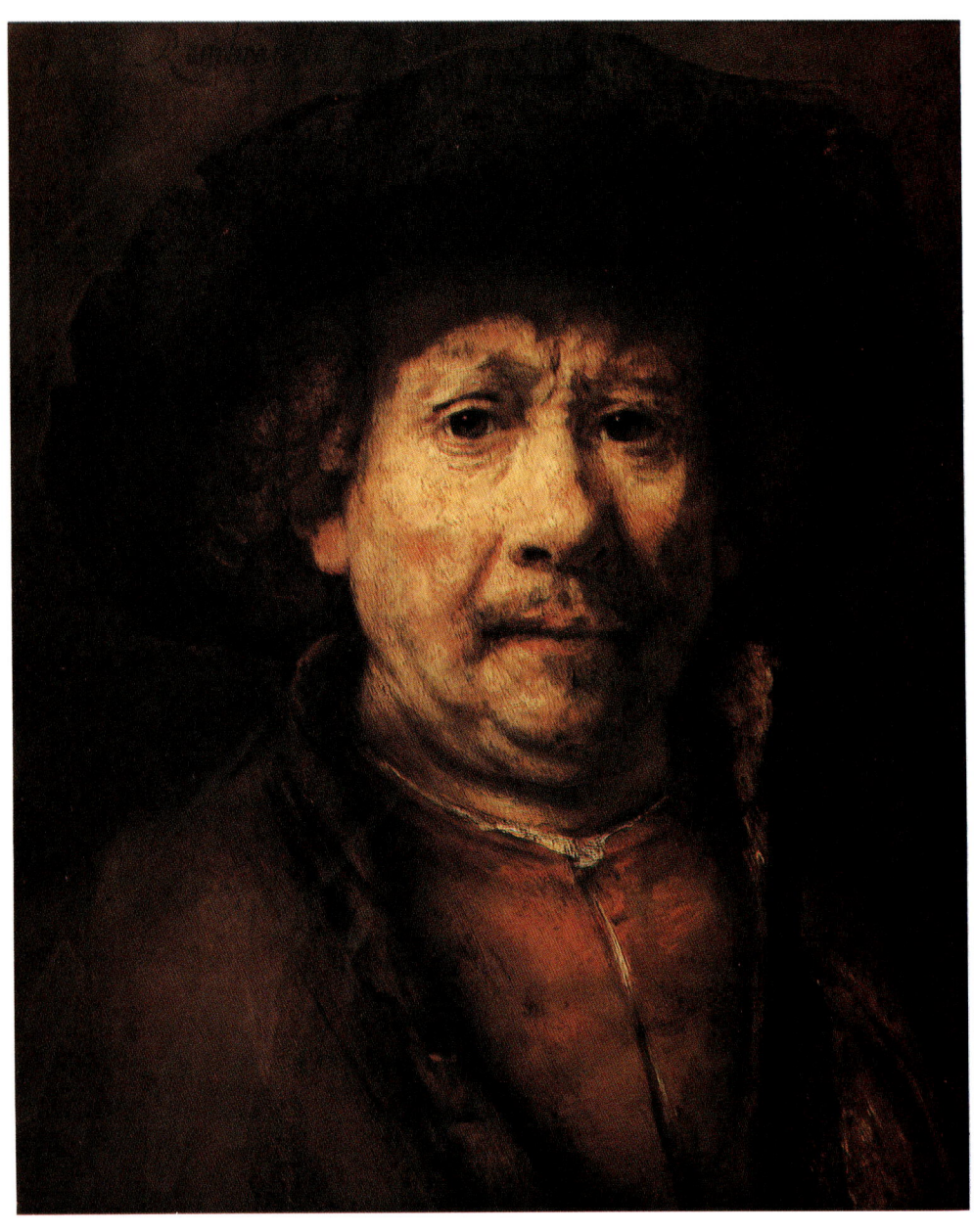

自画像
SELF PORTRAIT

　작품에는 제작 연도가 적혀 있지 않으나, 1657년 작이라는 연대 추정이 확실하다면 이 초상화는 렘브란트의 나이 51세의 것이다. 이미 여기에서는 젊은 날의 패기는 없으나, 대신 당당한 원숙기의 한 화가의 모습이 유감없이 묘출(描出)되고 있다. 얼굴이며 어깨 부분이며 다같이 불굴의 의지에 넘쳐 있고, 인간적인 시련을 겪은 한 인간의 의지가 넘치는 작품이다. 사실 1656년은 렘브란트가 파산 선고를 받은 해이다. 그러한 경제적인 역경과 이에 따르는 갖가지 어려움을 렘브란트는 정신력으로 극복하는 것이다. 이 초상화는 극복의 의지가 정력적으로 보이는 마지막 자화상일지도 모른다. 왜냐하면 그 후의 초상화에서는 노경(老境)이 두드러지게 나타나며, 어느 전문가에 의하면 이 초상화가 그려진 이후의 렘브란트는 급속하게 늙어갔다.

1657년경 板 油彩 49.2×41cm
비인 미술사 박물관 소장

〈툴프 박사의 해부학 강의·P.14〉이다.

　1632년 렘브란트는 암스테르담에 이주 (移住)한다. 그리고 2년 후 사스키아와 결혼(結婚)한다. 그후 10년간 그는 초상 화가로서의 명성과 새로 맞이한 사스키아와 더불어 행복한 생활을 보낸다. 그는 오늘날 「렘브란트의 집」으로 보존되고 있는 커다란 저택을 사들이며, 값진 골동품(骨董品)에 대한 비상한 기호(嗜好)도 나타났다.

　그러나 1630년대 말부터 40년대 초에 걸쳐 그의 생애에 커다란 영향을 미치는 사건이 연이어 일어난다. 1640년에는 렘브란트가 끝내 사랑하던 모친(母親)이 사망(死亡)했고, 1642년에는 아내 사스키아마저 사망한다. 사스키아가 남기고 간 아들은 티투스뿐이었다.

　1645년경 새롭게 또하나의 여성이 렘브란트 앞에 나타난다. 헨드리키에가 바로 그녀이다. 그녀는 역경(逆境)에 허덕이는 렘브란트를 그녀가 죽을 때까지(1662) 헌신적으로 보살피며 고난(苦難)을 함께 나누었다.

　그런데도 불구하고 렘브란트의 역경은 호전(好轉)되지 않는다. 그리고 끝내 1656년에는 스스로 파산(破産)을 선고(宣告)해야 하는 국면에 도달한다. 뿐만 아니라 헨드리키에의 사망 후 적막한 고독 속에서 살고 있었던 렘브란트는 다시 아들 티투스의 죽음을 맞이해야 했고 렘브란트 자신도 아들을 뒤쫓듯이 사망한다. 렘브란트가 남긴 「유산」은 그와 헨드리키에와의 사이에 태어난 코르넬리아뿐이었다.

III

　렘브란트의 회화적 전개 과정은 일단 세 가지 시기로 나뉘어진다고 생각된다. 제1시기는 1630년까지의 초기, 제2시다. 그러나 그것이 렘브란트의 예술처럼 복합적으로 심화된 것일 때 연대적인 또는 시기적인 구분은 거의 무의미하다. 그것은 렘브란트가 인간 영혼(人間靈魂)의 환시자(環視者)이자 동시에 현실(現實)과

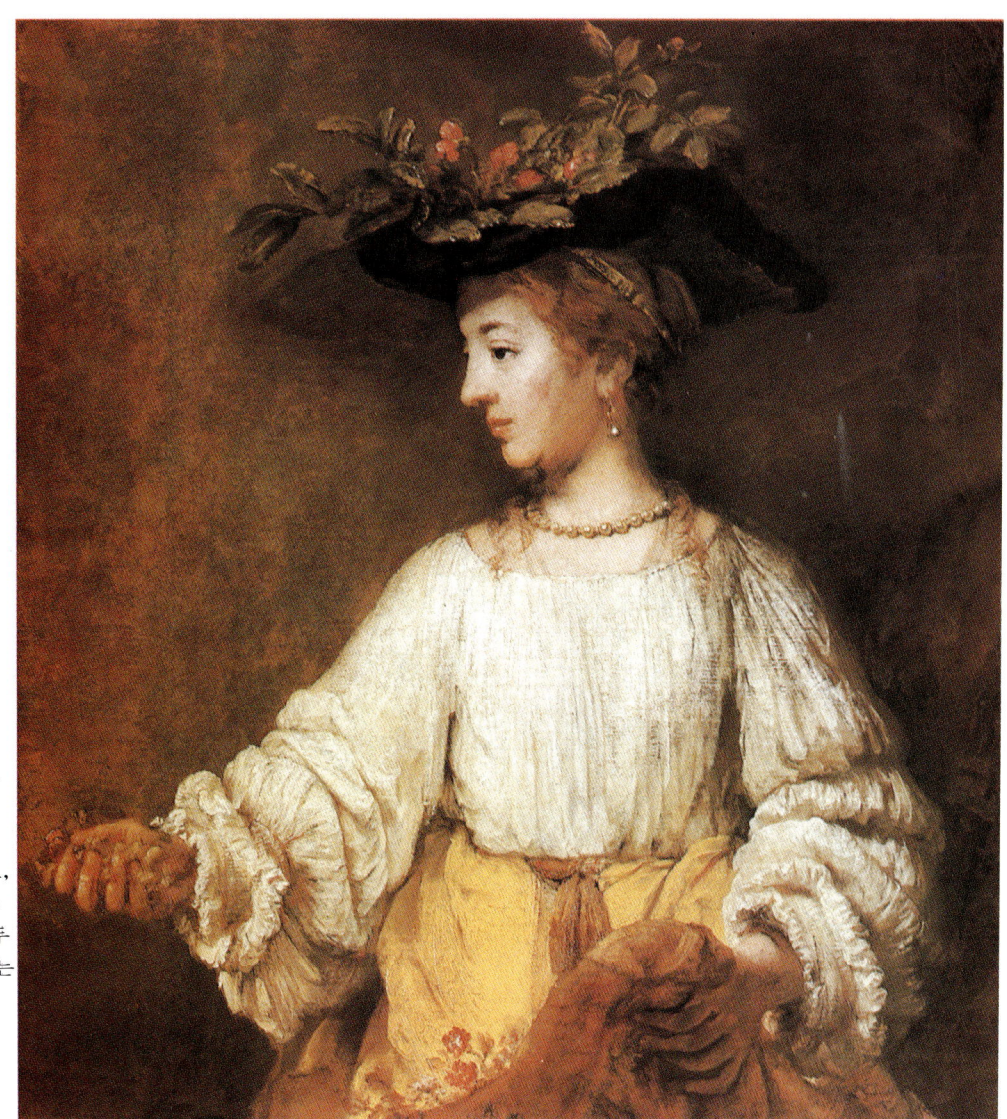

플로라 모습의 헨드리키에
HENDRICKJE AS FLORA

램브란트는 사스키아를 모델로 한
플로라상(像)을 3점 남기고 있다.
헨드리키에를 모델로 한 플로라상(像)은
이들 전작(前作)과 여러 가지 면에서 좋은
비교가 되며 때로는 대조를 이루고 있다.
그 대조는 한 마디로, 〈사스키아像〉은
화려하게 치장된 이상화된 아내의 모습이요,
오히려 화려해야 할 이 그림의 플로라상은
검소하다는 데 있다. 이 대조는 비단 이 두
여성의 개성과 취향의 차이에서 왔다기보다는
그 동안에 보다 심화된 램브란트
자신의 여성에 대한 비전의 변화에서
결과한 것이라 할 수 있을 것이다. 또
양식적인 면에 있어서도 어두운 바탕에서
선명하게 부각되는 정밀 묘사의 효과 대신
여기에서는 인물의 그늘이 배경에 희미하게
투영(投影)되고, 또 의상의 처리 역시
덤덤한 터치로 다루어지고 있다.

1656~7년경 캔버스 油彩 104×96cm
뉴욕 메트로폴리탄 미술관 소장

자신(自身)에 대한 관찰자였기 때문이다.

1632년 램브란트로 하여금 암스테르담에 정착(定着)하게 하고 또 그를 일약 「유명 화가」로 만든 것은 〈튤프 박사의 해부학 강의〉이다. 그가 암스테르담에 정착하게 된 것은 초상화의 주문(注文)에 의한 것이긴 했으나, 그가 그곳에서 주문받은 초상화는 집단 초상화(集団肖像画)였다. 즉 〈튤프 박사의 해부학 강의〉가 그것이다. 이 작품은 램브란트로서의 첫집단 초상화라고는 하나 혁신적(革新的)인 긴장감(緊張感)이 넘치고 있으며 획기적인 작품으로 평가되고 있다. 다시 말해서 등장 인물(登場人物)의 한 사람 한 사람을 개별적인 초상화의 배열로 그

치는 것이 아니라, 주어진 테마와 합치기는 1650년 전후에 이르기까지, 제 3 시기는 말년에 해당된다.

여기에서 간추려서 이 세 시기의 각기 특징을 요약(要約)하자면 다음과 같은 것이 될 것이다.

제 1 시기의 특징은 카라바지오의 영향과 함께 로마파 화가 라스트만의 영향이 두드러진 명암법(明暗法)과 정확한 동작(動作)을 특징으로 하고 있다.

제 2 시기는 램브란트의 독창성(獨創性)이 분명한 형태(形態)로 확인되는 시기이며, 이 시기에서 그는 폭넓은 주제를 역시 풍부한 회화적 기법(繪画的技法)을 구사하면서 다루고 있다.

제 3 시기에 해당되는 램브란트의 만년기의 예술은 보다 심화된 인간의 통찰(洞察)과 어둠에 가려 있는 듯 보이는 깊숙한 인간 영혼에 대한 경건한 귀의(歸依)를 보여 주고 있다. 위에서 말한 세 시기 중에서 우리의 관심을 끄는 것은 두 말할 것 없이 두 번째와 세 번째 시기이 되는 극적이고 긴장감 넘치는 작품으로 만들었다는 데에 있다.

이 문제는 아마도 잘못 〈야경·P 30〉이라 불리어지고 있는 램브란트의 또하나의 집단 초상화에서도 그대로 적용이 된다. 램브란트는 이 작품을 통해서 일군의 대원(隊員)들이 선두(先頭)에 선 지휘자(指揮者)의 지시에 따르면서도 그 따

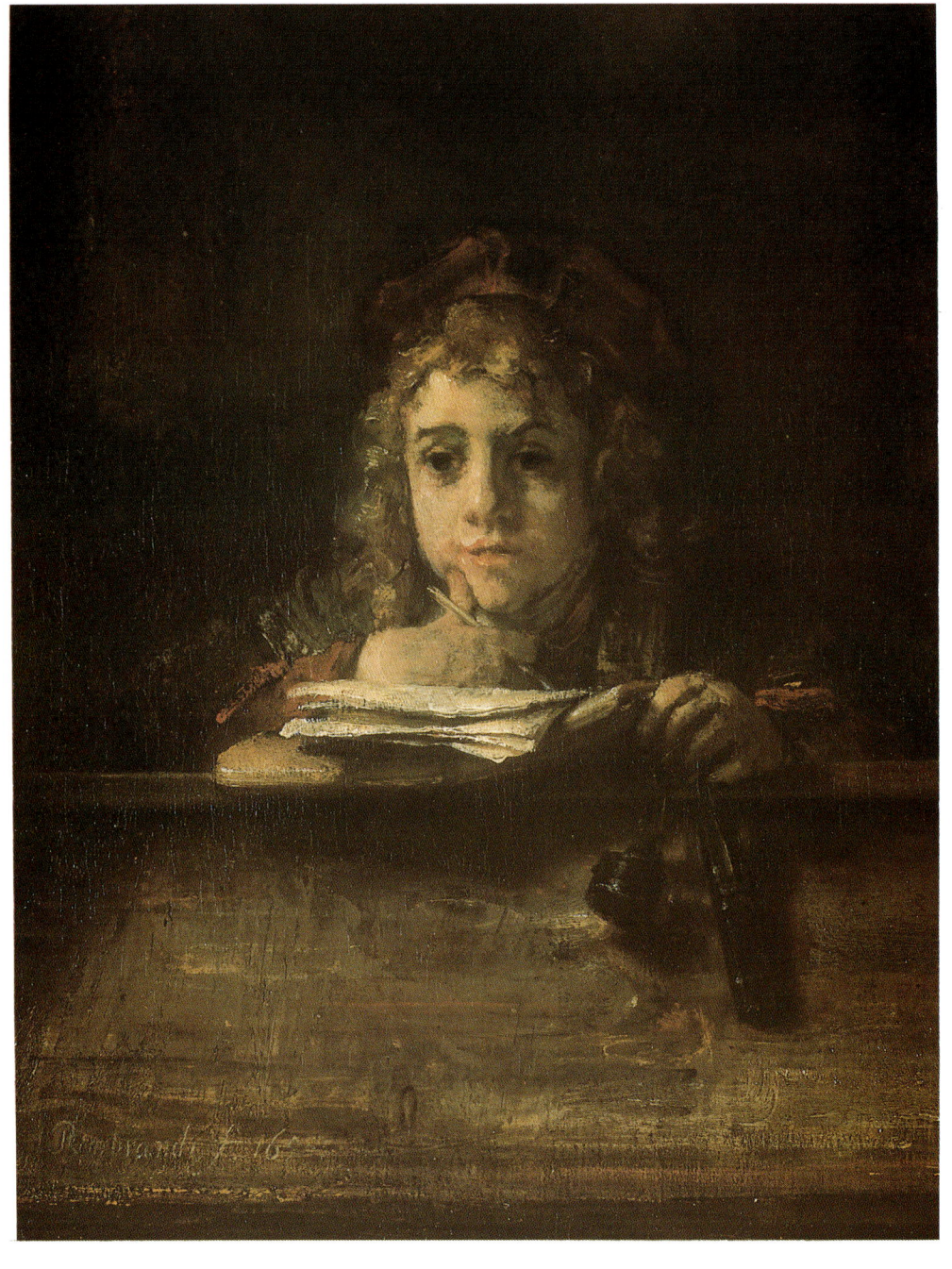

책상에 앉은 티투스
TITUS AT HIS DESK

14세 때의 티투스의 모습. 사스키아와의 사이에 네번째 아들로 태어났으나(먼저의 세 자녀는 모두가 어려서 사망), 그 역시 램브란트가 죽기 바로 1년 전인 1668년, 27세의 젊은 나이로 사망한다. 이 작품은 아들 티투스의 첫 초상화이다. 큼직한 검은 눈의 이 소년의 모습은 자주 램브란트의 작품 속에 등장한다. 이 그림에서 어린 티투스는 책상 위에 종이를 펴고 무언가 골똘히 생각하고 있다. 펜을 든 오른손 엄지손가락을 볼에 짚고 무엇을 그려야 할까 하고 궁리하고 있는 것일까. 사실 티투스는 어렸을 때부터 그림 공부를 해 왔다. 그 그림 공부에 한창인 아들의 모습을 램브란트는 애정어린 눈으로 포착한 것이리라. 어린 소년의 생생한 표정의 묘출(描出)과 함께, 대담한 구도와 역시 덤덤한 터치에 의한 정확한 질감(質感) 처리는 유니크하다.

1655년 캔버스 油彩 77×63cm
로테르담 보이만스 반 뷰닝겐 미술관 소장

르는 동작(動作) 그리고 위치(位置), 포즈에 따라 다양한 움직임의 군상도(群像図)를 그리려 했다. 요컨대 그는 정적(静的)이고 움직임이 거의 결여(缺如)된 집단 초상화 대신에 화면 구석구석까지 힘이 배어 있는 걸작을 만들어 낸 것이다. 그리고 그와 같은 화면의 동성(動性)을 한껏 북돋우어 주고 있는 것이 화면 전체에서 전개되는 빛과 그늘의 드라머이다.

그러나 〈툴프 박사의 해부학 강의〉와 〈야경〉과의 사이에는 10년의 거리가 있다. 그것은 인간적인 차원으로나 예술적인 차원으로나 다같이 해당된다. 램브란트에게 있어서 30년대는 사랑과 명성(名声)과 부(富)를 함께 누릴 수 있었던 시기였다. 그는 수많은 제자를 거느리며 또한 수많은 주문을 받으며 초상 화가로서의 명성을 차지한다.

1642년 〈야경〉이 제작되는 해에 아내 사스키아가 사망하고, 거의 때를 같이하여 램브란트 자신은 생활에 커다란 전환을 맞게 된다. 그 전환은 인간적으로는 매우 비극적인 전환(転換)이었다. 왜냐하면 램브란트는 정신적(精神的)으로나 경제적(経済的)으로나 커다란 위기를 겪어 나가야 했기 때문이다.

그러나 램브란트의 위대성은 외부로부터 주어진 역경에 초연(超然)하며 자신의 예술에만 집착(執着)할 수 있었다는 데에 있다. 오히려 역경일수록 그의 예술은 더욱 심화되어 가는 것이다. 그가 인간으로서나 예술가로서도 뛰어나고 있었다는 점, 그것은 생활의 급변에 의해 화가를 천직(天職)으로 삼는 그의 자각(自覚)이 흔들리지 않았다는 데 있다. 어떻게 보면 스스로 초래한 불행 속에서도 그는 작업에 열중했으며 이 시기의 작품이 바로 그것을 말해 주고 있다. 예술가로서 램브란트는 결코 패배(敗北)하지 않은 것이다.

이 시기의 특징은 비단 이 시기에 국한되는 것은 아니지만, 그의 광선의 특이한 취급 방법, 즉 「기아로스크로(명암법)」의 사용법(使用法)이다. 이를테면 그

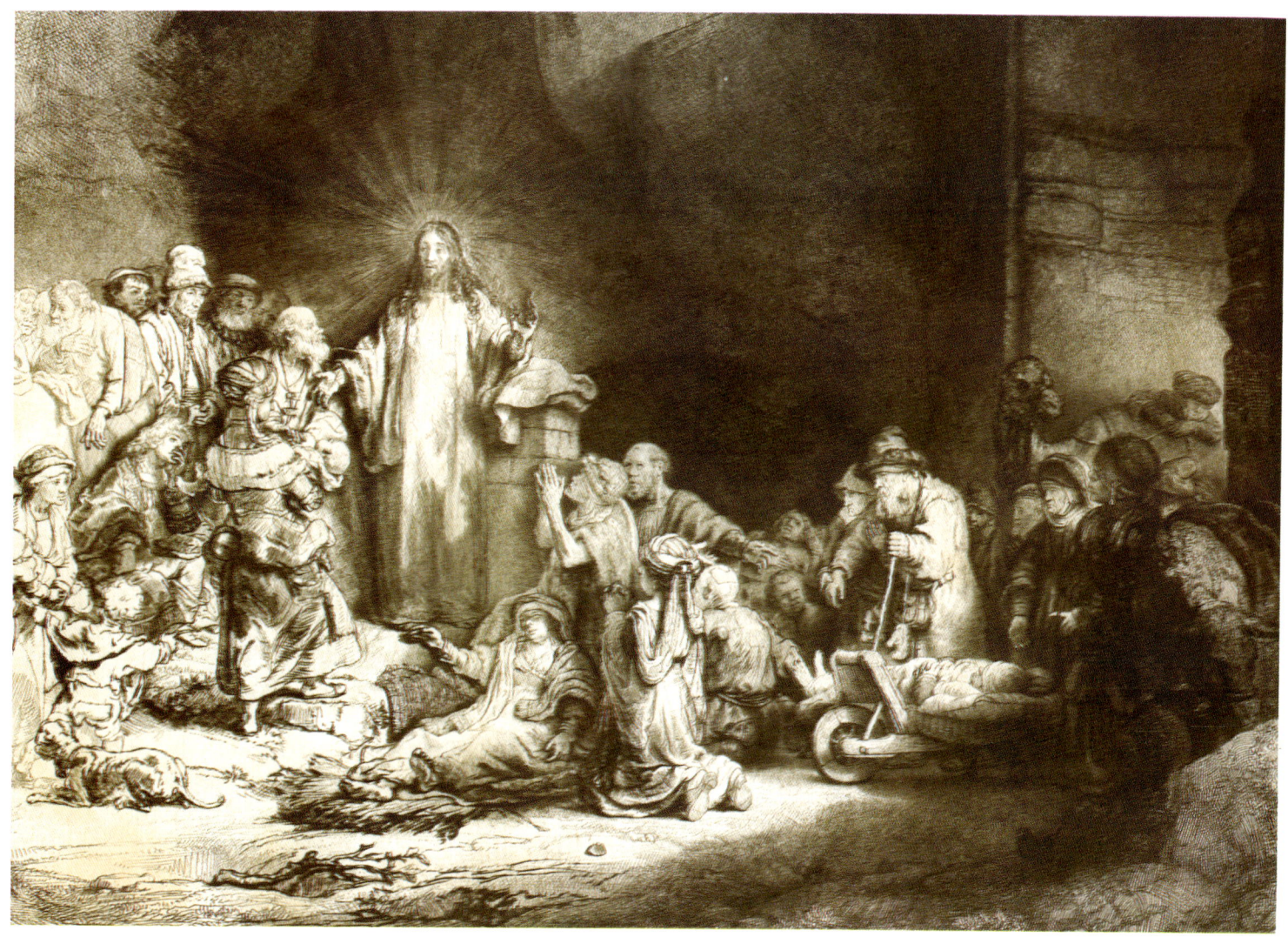

환자를 고치는 그리스도
CHRIST WITH THE SICK AROUND HIM

램브란트의 예술을 이해하는 데 있어 빼놓을 수 없는 것이 그의 소묘와 동판화이다. 소묘는 그때까지만 해도 하나의 초벌 그림의 단계에 머물러 있었다. 램브란트의 그것도 그 범주를 벗어나는 것은 못 되었으나, 그 독특한 필치는 일단 인정하더라도 그의 동판화는 고금을 통해서 알브렉트 뒤러, 고야와 함께 동판화의 3대 거장의 한

사람으로 간주되고 있다. 동판화가 필요로 하는 정교한 기법적 훈련이 램브란트를 매료시키기에 충분했고, 특히 그 흑백의 대비의 미묘한 효과는 램브란트의 독특한 명암법의 밑거름이 되었을 것이다. 뿐만 아니라 그는 이 동판화 기법을 단순한 복사(複写)의 방법으로서만이 아니라, 그것을 독자적인 한 예술 형태로 정립시킨, 판화 영역에 있어서의 한 혁신자가 아닌가 생각된다.

1642~5년 에칭 드라이포인트 뷰랑 27.8×38.9cm
런던 대영 박물관 소장

려진 대상(対象)은 마치 어둠 속으로부터 환하게 비쳐져 나온다든가, 또는 반대로 대상이 어둠 속으로 빨려 들어가는 것 같은 효과(効果)를 보여 준다는 것이다. 요컨대 그는 명암의 구분을 선명(鮮明)하게 대비시키고 있는 것이다. 그를 두고 「빛과 그늘의 영혼의 화가」라고 불리어지는 램브란트 예술의 본질(本質)이 이미 이 시기에 나타나는 것이다.

IV

1640년대는 램브란트에게 있어서는 역경의 시기였다. 그러한 역경 속에서 그는 오직 자신에 파묻혀 자신의 인간적인 체

험(体験)을 토대로 한 작품을 제작하기에 전념했다. 그러나 이 시기의 램브란트 예술의 획기적인 걸작(傑作)이 태어난 것은 아니다. 그가 남긴 가장 감동적인 회화 작품은 그의 만년의 20년 동안에 제작된 후기 작품들이다.

이 시기의 램브란트의 작품은 작가로서의 가장 원숙한 경지를 보여 주고 있다는 데에 뜻이 있을 것이다. 다시 말해서 그가 그 이전에 즐겨 사용한 바로크적인 구도법(構図法)을 포기하고 그의 모든 예술 가운데서도 가장 깊이있게 찾아든 시기이다. 이 시기의 작품은 초상화(肖像画)이든 역사화(歴史画) 또는 종교화(宗教画)이든 램브란트가 자신의 불행

을 자포 자기(自暴自棄)하지 않고, 오히려 인간이 지니고 있는 모든 선(善)과 악(悪)을 이해하고 공감하며, 그것을 자신의 작품 속에 표현하고 있음을 볼 수 있다.

또 한편으로 그의 비극적인 생활에도 불구하고 그의 예술적 표현 방법은 다양한 변화를 성취했다. 그러한 다양성(多様性)은 후기의 작품에서 보다 농축(濃縮)된 긴장감으로 통합이 되며 정감(情感)의 표현은 한층 더 리얼한 것이 된다.

기법상으로 볼 때 램브란트의 이 시기 또는 1640년대 후반의 작품을 통해서 느낄 수 있는 것은 다이나믹한 필촉(筆触)과 나란히 각기 서로가 다른 같은 크기

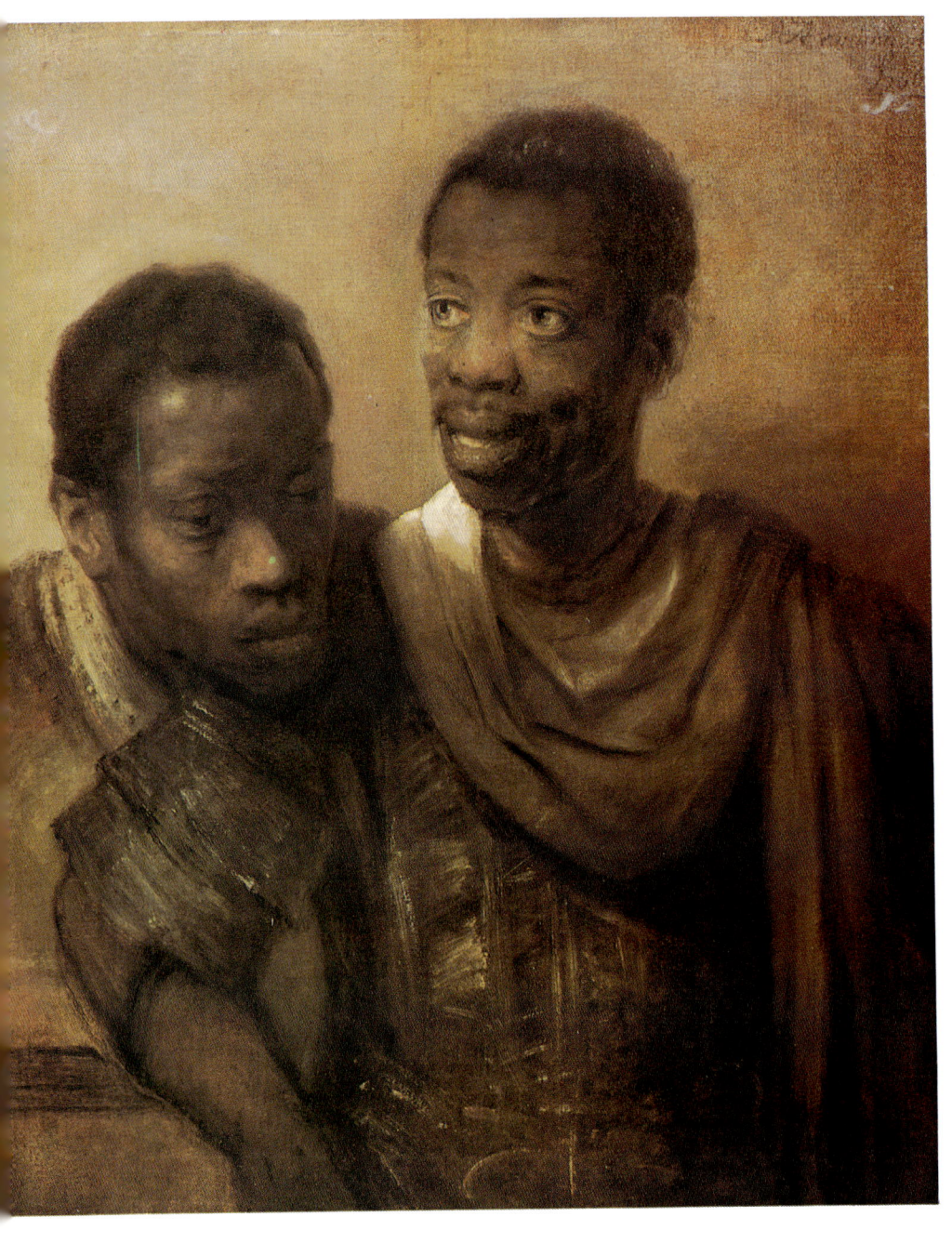

두 흑인
TWO NEGROES

흑인이 렘브란트의 회화 속에 독립된 테마로서 다루어졌다는 사실은 일단 기이하게 보이기도 하겠으나, 흑인, 특히 북아프리카의 무어족(族)의 모습은 이미 르네상스 회화에도 등장하고 있다. 17세기의 네덜란드는 해외 무역의 중심지였고 보니, 그 중심지인 암스테르담은 가히 인종의 견본시장(見本市場) 같았을 것이라 짐작된다. 렘브란트가 이에 무관심했을 리가 없다. 그러나 그는 흑인을 단순한 호기심의 눈으로서가 아니라 한 인간으로서 그려내고 있으며, 이들 인종 특유의 의지적인 용모와 눈동자를 똑같은 인간이라는 공감에서 포착하고 있다. 또 그 때문에 이 작품은 인간 관찰자로서의 초상화가 렘브란트를 과시해 주는 작품이거니와, 또 한편으로는 차분히 가라앉은, 그러면서도 정묘한 색조 변화에 의한 화면 통일은 렘브란트의 회화적 표현의 원숙함을 보여주고 있다.

1661년 캔버스 油彩 77.8×64.4cm
덴 하그 마우리츠하이스 미술관 소장

의 색점이 지긋하게 화면 곳곳에 덧붙여져 있다는 사실이다. 이러한 기법에 의해 그의 작품은 미묘한 뉘앙스에 찬 효과를 거둘 수 있기도 했다. 그러나 이와 같은 기법은 근대 회화의 선구자(先驅者)들, 예컨대 세잔의 기법과는 그 목적을 전혀 달리하는 것이었다. 렘브란트는 보다 다양한 자기 표현(自己表現)의 가능성을 그와 같은 기법을 통해 시도하였던 것이다.

렘브란트의 제작 방법에 대해 그의 밑에서 8년 동안 제자로서 수업을 한 파르디누치의 아래에 인용되는 구절은 매우 흥미있는 것으로 생각된다.

「이 화가는 자제심으로 하는 점으로 볼 때, 다른 사람들과는 그 정신 구조가 달랐고, 그 화풍(画風)도 매우 멋대로인 자기류 즉 독창적이라고 할 수 있는 화풍을 혼자의 힘으로 전개시켰다. 그 화풍은 형태를 외곽선이라고 하는 윤곽으로 제한시키지 않고, 오직 되풀이되는 격한 필촉에 의해 이루어지는 것이었다. 어둠도 자기 방식으로 강조되어 있고, 그렇다고 그것은 깊은 어둠과 같은 것은 아니었다. 또 그는 한 작품을 완성하는 데에 다른 화가들로서는 생각할 수 없을 만큼 더디고 끈기있는 노력을 기울였다. 만일 그의 독특한 채색(彩色)에 의해 얻은 명성으로 보아 그는 많은 초상화를 그렸을 수도 있었을 것이다.」

이 태도는 그의 작품 생활에만 국한되는 것이 아니라 그의 생활 자체와도 일치된다. 그는 매우 까다로운 인간이었으며 자신 이외의 것에 대하여는 전혀 무관심했다. 그는 자신의 비속(卑俗)한 용모(容貌) 때문에 주변에서 경원(敬遠)을 당했고, 또 단정치 못한 옷차림 때문에 주변의 사람들에게 혐오(嫌惡)를 받았다. 그러나 그는 작업 중에는 그 어떠한 사람의 방문도 거절했다고 한다.

한때 렘브란트는 「풍경」에 관심을 둔다. 인간 또는 인간적 체험의 표현에 집중되고 있던 그가 풍경에 관심을 두었다는 사실은 일단 기이하게 생각될지도 모른다. 그러나 렘브란트는 풍경 속에서 인

사도 바울로 분장한 렘브란트
(자화상)
SELF PORTRAIT AS THE APOSTLE PAUL

이 자화상이 그려진 1661년은 노년에
들어선 렘브란트로서는 매우 풍성한 다작의
해이다. 이 해에 그는 다시 성서(聖書)
시리즈를 그렸으며 이 작품도 그 중의
하나이다. 작품의 제목은 제쳐놓고 이
그림의 주인공이 렘브란트 자신임은 틀림이
없다. 그는 한 손에는 책을 들고 있고, 망토
깃 밑으로 단검의 손잡이가 비쳐지고 있다.
그는 무엇인가를 묻는 듯, 또는 물으면서도
그 대답을 넘겨짚은 듯한 눈초리로 우리 쪽을
바라보고 있다. 그 눈초리는 노경에도
날카로움을 잃지 않고 있으며, 「아직도
나에게 예언하는 힘이 있고 산을 움직일 수
있는 신앙심이 있더라도, 거기에 사랑이
없으면 모든 것이 있은 것만 못하다.」라고
한 성 베드로의 말씀을 스스로 터득한
것인지…. 그가 남긴 마지막 자화상은
그의 죽음의 해인 1669년의 것이다.

1661년 캔버스 油彩 91×77cm
암스테르담 국립 미술관 소장

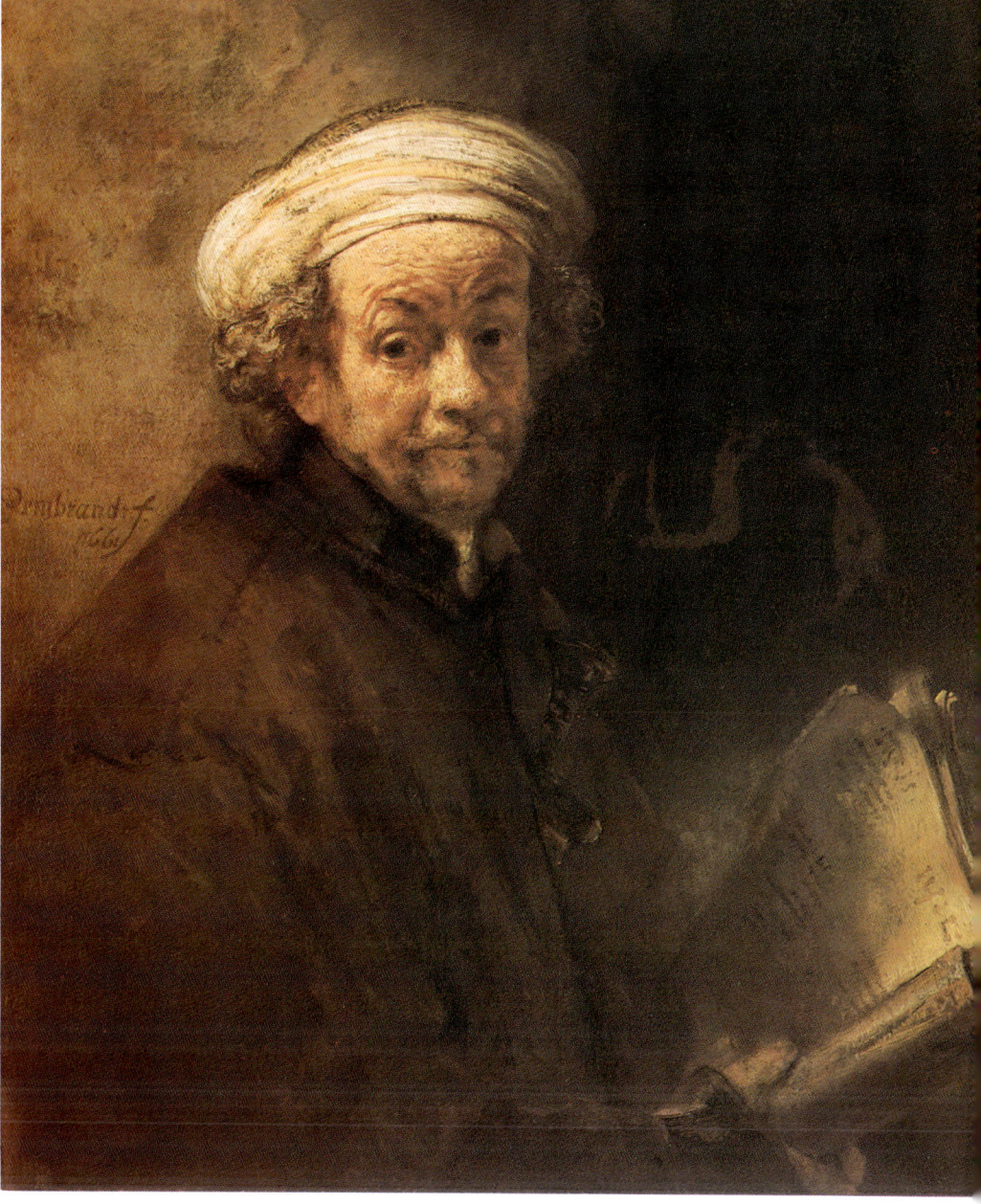

간적인 것과 회화적인 것을 동시에 찾
아보지 않았나 생각된다. 그의 자연은 렘
브란트에 의해 비전화된 풍경이며, 또 회
화적으로도 광선과 그늘 또 색채가 변주
(變奏)되는 소재이기도 했다.
　렘브란트가 후기에 고독했다는 사실은
반드시 그의 개인적인 불행 때문만은 아
니다. 오히려 외형적인 불행에 대해 무
관심했다는 것이 사실일 것이다. 그는 외
형상의 불행(不幸)에도 불구하고 자기 자
신의 예술, 또 그 제작에 전념했다. 그
것이 그의 후기 20년의 작품이 우리에게
커다란 감동을 주고 있는 데도 불구하고
그의 생존 중 그것이 평가되지 않았다는
이유가 될 것이다.

V

렘브란트의 예술의 원숙기(圓熟期)를
보여 주는 것은 그의 생애 마지막까지에
이르는 20년 동안의 작품들이다. 이 시기
에 색채와 형태와의 완전한 통합이 이루
어지는 것이다. 이를테면 이 시기의 초
상화를 예로 들 때, 거기서 우리가 느끼
는 것은 형태와 색채의 조화(調和)이며,
특히 색채가 자아낼 수 있는 표현의 가
능성을 그처럼 보여 준 화가는 따로 없다.
　색채는 렘브란트에게서 영혼의 표현의
한 방법이다. 빛깔은 내면에서부터 비쳐
지는 것이다. 그와 같은 정신성을 지닌
색채는 서로 화합하여 상징적인 의미까

지를 지닌다. 그리고 그 빛깔은 후기에
와서 보다 더 가라앉은 것이 된다. 그것
은 바로 렘브란트가 인생을 조용하게 받
아들이고 또 인생과 화해했다는 것을 암
시(暗示)해 주는 것이다. 1669년 그가 사
망하는 그 해에 있어서도 그는 자신의 초
상화를 그렸다. 이미 늙고 볼품없는 자
신을 하나의 인간으로서 담담하게 그려
낼 수 있었다는 사실이 그가 인생에 대
한 애정을 말해 주고 있는 것이다. 행복
과 불행의 극(極)을 살면서 그 생애에 걸
쳐 모든 고난과 시련과 또는 오류(誤謬)
를 겪었던 한 고독한 인간으로서의 렘브
란트 그는 정적(靜寂)과 인간미(人間美)
와 용기(勇気)를 가지고 끝까지 자신의

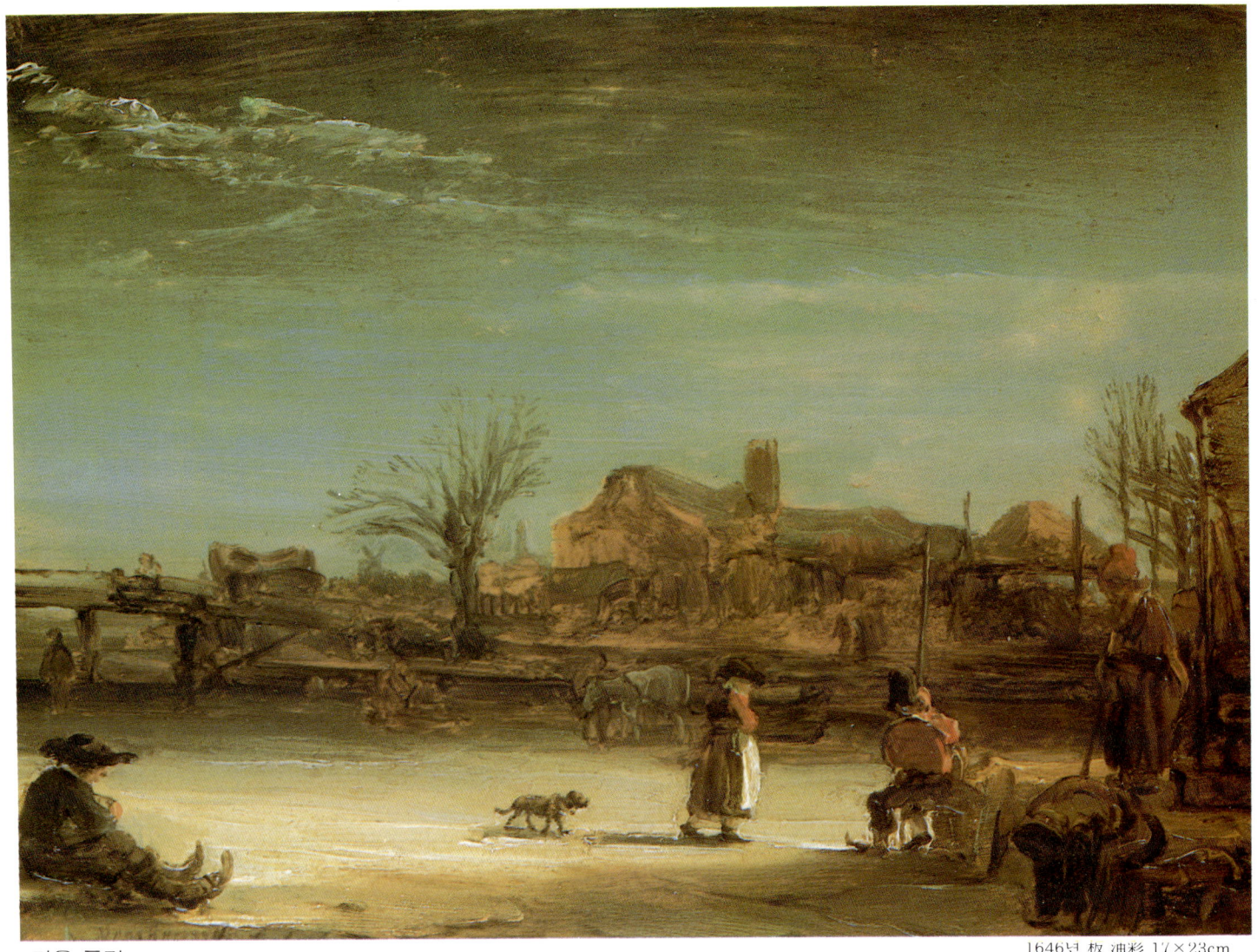

겨울 풍경
WINTER LANDSCAPE

1646년 板 油彩 17×23cm
카젤 미술관 소장

예술 세계를 지킨 것이다.

VI

램브란트의 작품 세계를 말하면서 「에칭(etching)」을 빼놓을 수 없다.

부식 동판화(腐食銅版画)도 초상화의 경우와 마찬가지로 대개는 주문에 의해 제작되었는데, 여기서 간과할 수 없는 점은 에칭이 램브란트에 의해 본격적인 미술 수단으로 발전되었다는 사실이다.

램브란트에 있어서 에칭이야말로 다른 재료(材料)로는 지금까지 소화시킬 수 없었던 특수한 영역을, 자유 자재로 묘파(描破)한 훌륭한 표현 수단이었다.

물론 에칭이 램브란트 이전 시대에 없었던 것은 아니다.

이미 이탈리아에서는 에칭이 독특한 미술로서 존재했으나 본격적인 미술 수단으로까지는 발전하지 못했었다. 이것을 램브란트가 한 차원 높였다는 데 의미가

있다. 램브란트의 1640년 이후의 에칭은 고야를 거쳐 호이들라에 의해 전형적으로 대표되는 「에칭 시대」로 직결된다.

1630년대부터 시작된 구약성서나 신약성서에서 주제를 딴 수많은 초기의 에칭, 가령 〈라자로의 부활〉에서 〈마리아의 죽음〉에 이르는 모든 작품은 유채화를 복제(複製)한 것이지만, 10년 후인 1640년대 이후의 그의 에칭에서는 이 유니크한 미술의 가장 순수한 전형을 볼 수 있다. 이때 작품의 특징은 검은 선의 풍요로움과 박력에 찬 생채감(生彩感)이 화면에 생기를 불어넣어 밀도 있는 감동을 체험하게 한다.

이 시기에 제작된 유명한 작품 가운데는 〈세 그루의 나무〉와 〈환자를 고치는 그리스도·P. 47〉 등을 들 수 있으며, 이 에칭 작품이 높은 값으로 거래된 것은 오히려 당연한 귀결이기도 하다.

1650년대 이후부터 그의 에칭 화면은 유채화의 화풍이 바뀐 것처럼 변해져서

웅대한 기념비적인 성격을 띠게 되는데 그리스도의 이야기가 작품의 주류를 이루고 있다.

이 10년 동안 램브란트는 에칭용의 철필(鉄筆) 이외에, 동판에 폭이 넓은 선을 파 넣었고, 지금까지 보다도 속도감 있게 많은 작품을 제작했으며, 직접 제작할 수 있는 드라이포인트용의 철필에 중요한 비중을 두었다.

아뭏든 일련의 에칭 작품을 통해서도 램브란트가 고전을 얼마나 숭배했는가를 명료하게 알 수 있다.

램브란트가 어떤 경로로 에칭 기술을 배우고 동판용 철필을 어떻게 사용해서 자기의 예술 목적에 충실화시켰는지에 대해서는 상술할 계제가 못된다.

다만 그의 에칭에서 예술의 가장 섬세한 일면을 볼 수 있고, 그의 해석에 기초한 성서(聖書)의 장면들을 통하여 박진감 넘치는 공감을 체험할 수 있다는 사실을 강조하고 싶다.